U0452488

命运的岔路

帕蒂古丽 著

宁波出版社

图书在版编目（CIP）数据

命运的岔路/帕蒂古丽著. -- 宁波：宁波出版社，2024.4
　ISBN 978-7-5526-5181-2

Ⅰ.①命… Ⅱ.①帕… Ⅲ.①长篇小说—中国—当代 Ⅳ.① I247.5

中国国家版本馆 CIP 数据核字（2023）第 222034 号

命运的岔路
MINGYUN DE CHALU

帕蒂古丽　著

出版发行	宁波出版社
	（宁波市甬江大道 1 号宁波书城 8 号楼 6 楼　315040）
责任编辑	罗樱波
责任校对	叶呈圆
装帧设计	金字斋
印　　刷	宁波白云印刷有限公司
开　　本	889mm×1194mm　1/32
印　　张	6.75
字　　数	119 千
版　　次	2024 年 4 月第 1 版
印　　次	2024 年 4 月第 1 次印刷
标准书号	ISBN 978-7-5526-5181-2
定　　价	62.00 元

如发现缺页或倒装，影响阅读，请与出版社联系调换，联系电话：0574-87248279

目　录

楔　子…………………………………………………… 1

割麦客的灶头…………………………………………… 2

骆驼客亚森……………………………………………… 4

河坝边的苦豆子………………………………………… 6

父亲言之凿凿…………………………………………… 7

高坡上的房子…………………………………………… 9

树枝上的红绸带………………………………………… 11

南疆来的假姑姑………………………………………… 13

父亲坐在炕头上………………………………………… 16

父亲睡不着就抱怨……………………………………… 17

风像一把巨大的梳子…………………………………… 19

丫头跟娃子……………………………………………… 20

我不能输给那头驴……………………………………… 22

老虎钳子拔掉我的牙…………………………………… 23

煤油抓饭………………………………………………… 25

案板逃也逃不掉………………………………………… 26

全家人团结在大炕上…………………………………… 28

没有客人的客房……………………………………… 30

羊儿们被"割了尾巴"…………………………………… 31

都盯着我凸起的胸………………………………………… 32

老乡跟籍贯没啥关系……………………………………… 34

大馕趴在茄子上…………………………………………… 36

我坐在一堆羊肉旁………………………………………… 38

我不会嫁给村里的男孩子………………………………… 40

老乡家的菜油香…………………………………………… 42

我睡在单人木床上………………………………………… 44

隔着竹帘子的窥探………………………………………… 46

重新回落到泥巴地………………………………………… 48

穿过黄尘大罩子…………………………………………… 49

偷来的灯光………………………………………………… 50

仿佛麦秸就站在书店里等我……………………………… 52

等来了麦秸的一封信……………………………………… 54

我很想去看看兰萍………………………………………… 58

没裤衩穿感到无地自容…………………………………… 61

我从羞耻中解脱出来……………………………………… 63

鲜红的血液染在我手上…………………………………… 66

看着你越漂越远…………………………………………… 68

我们之间隔着那片枫叶…………………………………… 69

我偷偷爬上屋顶…………………………………………… 71

九月的雨把天幕敲黑……………………………	73
我不安地向他索吻…………………………………	75
仿佛久别重逢的亲人………………………………	77
沉默让我有些不安…………………………………	79
车站里弥漫着离别的悲伤…………………………	81
爱的河流潮涨潮落…………………………………	82
麦子写了一首诗寄给我……………………………	86
我好像在云层上飘浮………………………………	87
委屈化作眼泪倾泻出来……………………………	89
一个人留在了河坝对岸……………………………	91
让他主宰我的未来…………………………………	93
我成功地甩开了他…………………………………	95
我正在经历一场劫难………………………………	97
一切情丝都被拦腰斩断……………………………	99
情债不知有没有机会偿还…………………………	101
不愿接受这个结局…………………………………	104
丽娜尔住在405房…………………………………	108
住进三道巷子人家…………………………………	110
掩藏一个巨大的秘密………………………………	111
夜风吹过空旷的广场………………………………	112
想安安静静地生活…………………………………	114
那片墓地夏天全是沙子……………………………	116

向他讨要一个父亲……117
像血滴又像红色的眼泪……118
金子代替了我……124
我可不想走我妈的路……129
跟我亲密无间的那个少女……131
一个陌生男人轻轻地顺势一拉手……134
爱情最终夭折了……137
这个世界夺走了她的爱人……142
他争不过一个死人……145
我就来自母亲的血液……147
把错觉维持下去……149
换了一个母亲来照顾……151
不要让这个世界碰我……152
有几分流落他乡的漂泊感……154
像是对霸占的霸占……156
我只震动了空气……159
那只是生命中的某一夜……161
那是对我过去生活的复制……163
我又回到了做母亲的状态……165
喜欢和需要根本就是两码事……168
一个失散多年的亲人……169
河滩边开满了野花……172

记忆纷至沓来……………………………………174
隔着一个诺言的距离……………………………175
记得她痛不欲生的样子…………………………178
可以彼此交换那些记忆…………………………180
隔着一些东西……………………………………181
老来风枯还无泉…………………………………184
屋内的空气有点稀薄……………………………185
我试图完成一次背叛……………………………188
战争只是我一个人的……………………………191
我已经把你当作我哥了…………………………192
我老得只剩下瞌睡了……………………………193
这些镜头恍若隔世………………………………194
两种角色交替让我又悲又喜……………………196
这些镜头很快潮湿了……………………………198
我的一生空空荡荡………………………………199
一下子过了半生…………………………………201
我用记忆欺骗了自己……………………………202

后　记……………………………………………206

楔　子

外婆家在运河对面的沙窝子里，冬天运河结冰的时候，大梁坡离外婆家很近，不用绕运河桥，可以直接从冰面上踩过去。父亲把我架在脖子上，从冰面上大步流星地走到外婆家，在冰面的雪上踩出一串深深的坑窝，父亲嘴里呼出的哈气在他的胡子和眉毛上结成了白霜。

外婆家里屋的那一面大炕正上方有一扇小窗，爬到炕上把脸贴在窗玻璃上，能看到那些沙包。外婆家只跟沙包这边的人打交道，沙包那边的人就不熟悉了。

我和父亲坐在外婆家的小炕桌前，外婆炒了卷心菜，蒸了花卷儿，她给我和父亲每人倒了一碗茶，再往茶碗里加奶。父亲对着我努嘴说："外婆很偏心你，你的奶茶加了那么多奶，我的奶茶是黄色的。"

父亲说，外婆是会过日子的人，就是对他太小气。

外婆家的仓房里放满了瓶瓶罐罐的菜籽油，夏天仓房很阴凉，外婆想把它们积攒到舅舅娶媳妇。冬天总有冻豆腐，放在院墙上冻着，菜缸里总是有酸菜腌着。用擀好的碎羊肉炒酸菜，配花卷儿或者米饭，可以吃上一个冬天。

我眼馋外婆家有吃不完的辣子面，便从一大袋辣子面里倒了一些，包在手绢里想带回家去。我预先把包好的辣子面埋在路边的雪地里，那是我和父亲回大梁坡必经的路。外婆很快发现辣子面撒了一地，怀疑小偷进过家门，并没有怀疑是我偷了。等到父亲带我回大梁坡时，我完全忘了放在雪地里的辣子面。后来，我一直担心等雪化了以后，外婆会不会发现我那手绢里包着的辣子面。我再也没有机会找回我的手绢，也不知道外婆有没有发现。

那时候，我觉得外婆家什么都有，我们家什么都没有，她又从不支援我们，我才去偷那些辣子面。其实辣子面带回来也用不上，我偷藏了以后，丢在了雪地里，心里也就平衡了。

我心疼自己为了辣子面弄丢了一条手绢，这条埋进雪地里的手绢永远埋在了我的记忆里。

割麦客的灶头

妈妈每天早上起来给我洗脸、穿衣服、梳头。她在家门口干活,我蹲在院子里玩沙子。院子里的沙土上有许多小沙眼,我用一个柴火棍在沙土里一边搅,一边念咒语,不一会儿就能搅出一条小蚯蚓。我感觉自己是一个掌握魔法的孩子,能从小坟墓一样凸起的小沙堆上,准确地找到微小的沙眼,从沙眼里搅出小生命来。

爸爸妈妈整天在外面忙,我一个人在家里,割麦客住在我家土打墙的旧房子里,他们每天中午收工回来做好了饭,我都会拿一个小碗去,站在灶火面前,等着他们给我饭吃。那一天,我光着脚,地上的沙土暖暖的,阳光把我矮矮的影子斜斜地投在地面上,我赤裸着身子,端了一只小碗站在锅台上,下面的男人呵斥我赶快回去穿了衣服再来:"小丫头,光溜溜的,不害羞吗?"那时候,我还不会说话,可我完全听懂了,他说的话让我受到了羞辱,我端着空碗回家找妈妈。我打量了每一间空屋子,却找不见妈妈在哪里。我第一次懂得了羞耻,这种感觉像一个巨大的巴掌盖过来,让我路都走不稳,想找个支撑。那天中午,我的肚子里没有食物,我稚嫩的胃消化的是初尝的羞耻感。就是那种光溜溜、赤条条地端着一只碗等别人给我饭吃,那人却告诉我不穿衣服是羞耻的。我还没学会穿衣服,我难受得到处乱窜,想找个地方把自己藏起来。那天,家里大大的几间空房子,也没有能容下我的羞耻。

去割麦客灶头的那条羊肠小道,我很长时间都不敢走过去。等割麦客搬走后,我想再去那个旧屋子和灶头看看时,密布的骆驼刺挡住了我的去路。

骆驼客亚森

那年初冬,村庄起着薄雾,河坝里的芦苇上已经开始挂霜。南山牧场高大的哈萨克牧人亚森,牵着骆驼把家搬到了河坝边上那一排土打墙的房子里。那时,夏季的割麦客已经搬走了,房梁已经被压弯了,房顶密密的芦苇压得凸出一个大肚子,牧人亚森在房子中间,竖起一根巨大的弹弓形木头柱子,把房梁撑住。很快,一场雪为牧人亚森的房子加盖了一层厚厚的白毡子。

天冷了,妈妈给我穿上了棉衣、棉裤。骆驼很快把通向亚森屋子一路上的骆驼刺吃得一干二净,我每天都可以走过这条羊肠小道去看亚森的骆驼。过了没多久,小骆驼出生了,我早上起来,第一件事就是看小骆驼吃奶,看亚森费力地拉开小骆驼,提着奶桶钻到母骆驼肚子下面挤奶。

亚森挤奶的时候,小骆驼被关在围栏里,很委屈地朝着母骆驼哼哼唧唧。母骆驼站在院子里,嚼着霜打的骆驼刺,满嘴冒着白沫,很像骆驼的主人亚森吃纳斯(一种含在嘴里的烟丝)时陶醉的样子。

亚森从母骆驼下面钻出来，向我挤挤眼睛，再朝我家灶台的方向努努嘴，用两只手围出一个盆大小的圆，他示意我回家去拿倒驼奶的家什，我假装不懂他的意思。他穿着一件羊皮大衣，腰里绑着的皮绳上吊着一个纳斯袋，手里提着冒着热气的洋铁皮桶走过来，把里面的粉色驼奶倒在我家锅灶上的一个搪瓷盆子里。

带着奶腥味的淡粉色液体，每天都热乎乎地灌进了我的肚子里。母骆驼和小骆驼是隔开的，只有在挤奶前，为了让母骆驼鼓胀的乳房变得松软一些，亚森才会解开母骆驼乳房上系住厚帆布奶罩子的麻绳，牵来小骆驼吸吮几口，很快，小骆驼就会被拉到一边。我吃的是该小骆驼吃的那一份驼奶。

院子里没有人的时候，我靠近那只母骆驼，学着亚森对着母骆驼下命令"恰呵，恰呵"。这个庞然大物卧下来，我蹲在它长长的脖子边，摸摸它黏结在一起的毛，上面还裹着几颗苍耳带刺的果实。

亚森出其不意地从屋里钻出来，一把把我抱起来。耸肩驼背的他，那驼色的卷发从深灰色毡帽底下钻出来，在脖子周围围了一圈，像是粘了一圈骆驼毛。他的嘴巴里散发的纳斯味道，比父亲的莫合烟味还要刺鼻。

河坝边的苦豆子

我跟父亲在河坝边半月形的地里挖土豆,一丛丛苦豆子随风摇来摇去。我掐了几片它的叶子塞到嘴巴里嚼,有股味道随着口水从舌尖传到我的胃里,就像是一条小蛇把尖细的头探进喉咙,堵住了嗓子眼。我的胃里有条跟它一样细小的蛇迎着它,痉挛着扭动着,准备向它发出猛烈的攻击。

苦豆子是好东西,苦得像胆汁,拥到土豆根上,土豆是甜的。苦豆子长在渠沟边、田埂上,等着人们把它们拥到土豆地里,它们绿了黄,黄了又绿。后来,河坝边的地改种了棉花,不需要它们了,它们钻进林带、荒地里,跟村庄废弃的枯木烂草为伍,一群群包围着村庄,像成群结队的看客。

我妈的名字就叫苦豆子,我从小就生活在苦豆子的围裹中。人一生的命运,都从父母的命运发端,我的命运就是从她发端。

院子里,骆驼打着嗝倒刍骆驼刺,亚森含着纳斯满嘴口水,听父亲吹嘘年轻时追逐女人的"神话":

"我想娶谁家的姑娘,在谁家门口挂条红绸带,姑娘就会追到我们家来。这样的红绸带,十年里我拴了五次,次次灵验。"

据父亲说，三十八岁生日那天，他跟奶奶打赌，他在喜欢的女子家门口的树枝上挂了红绸带，不出当晚，她就会来找他。

奶奶说："她要是真的来了，我就跟前面五次一样，把她娶给你。"

到了傍晚，暴雨大作，奶奶怕父亲失望，替他去门口张望，"雨下得这么狠，你拴了红绸子的心上人恐怕要泡汤了。"

天黑下来，狂风暴雨中，一个长腿细腰的高个子女子头上顶着一方玻璃纱的大头巾，像是一株泼了水的美人蕉一样，立在奶奶家门口。这个女子成了父亲娶的第六位妻子。

那时候，父亲娶前六任妻子，念个尼卡哈就可以进家门，却没有一个妻子想过给他生个一男半女。直到他娶了母亲——他的第七任妻子，也是唯一领过结婚证的妻子。母亲把结婚证看得万分重要，结婚证也帮了她，大半辈子把她和父亲牢牢捆在一起。

父亲言之凿凿

我断断续续地听上辈讲过父亲与母亲的故事：

那一年春天，父亲似乎嗅到了母亲从甘肃张家川出发的气息,他从南疆老家一路往北,刚好与逃难的母亲同时落脚沙湾。

父亲言之凿凿,说母亲在嫁给他之前,在张家川生过两个孩子。太外公说,这是谣言。母亲在嫁给父亲之前曾经订过婚是真的,外婆为了要人家两碗小米,把母亲许给了张家川一个耳朵有点背的男人。

外婆带着一大家子上新疆,她说苦豆子已经许了人,她不管了。太外公说,你不管我管,他让外婆把两碗小米退给人家,让他妹妹把我母亲带到了沙湾。

命途中无论有多少岔路,两个本该遇见的人,是逃不开彼此的。上天用一场大饥荒,把两个天南地北的人撮合在一起。那个叫苦豆子的女人,注定要成为我的母亲。

父亲从南疆来到乌鲁木齐市郊的八一钢铁厂,在车间当裁缝,为八钢的工人缝制工作服。外婆的同乡小苏跟太外公从张家川逃荒到八钢,一年后,与我父亲一起"下放"到大梁坡。入冬,小苏没有寒衣,父亲做了件棉袄给他。为了报答,小苏夸口要介绍一个女娃给我父亲。

那年月,一个饥寒交迫的人想活下来,只要两碗小米、一件棉袄。单身汉的父亲尚且有食果腹,有衣御寒。这时候,他需要的是一个女人。

小苏知道外婆在老家为两碗小米,把母亲许给人家的事。他向外婆展示了父亲缝的新棉袄,外婆捏了捏那棉袄,连夸做工老道，小苏盛赞："一个能靠手艺吃饭的大裁缝，缝纫机、手表、自行车、收音机样样都有，就那一口金牙，都值不少钱。"外婆一听，生怕母亲出水痘留下的那一脸麻点父亲见了嫌弃，连人都没让见，就答应定个日子来娶，根本没在意未来的女婿比女儿大二十二岁。

父亲送了小苏一顶毡帽、半篮鸡蛋，接着筹划在大梁坡选址盖新房，迎娶他的第七任妻子。

高坡上的房子

父亲叫上肉孜和小苏，三个人在三个夜晚，分别在大梁坡的三块地头睡了一夜，想看看在哪里睡得最安心。

父亲睡在老河坝边高坡上的那夜，梦见孩子满炕、牛羊满圈。于是，他决定把房子盖在这个高坡上。

父亲在娶前六任妻子之前，在她们家门口挂过红绸带，娶母亲时，这招没用上。似乎为了补偿，母亲每生一个孩子，父亲都在门楣上挂条红绸带，我出生时挂过，我弟弟马尔出生时也挂过。我们的妹妹伊娜出生时，亚森看到父亲往门上拴红绸带，好奇地问他："你挂过红绸带的六任妻子，有没有给你生过一男半女？"

"那些女人，白天怕被太阳晒黑，晚上不进被窝怕怀孕。"父亲呲一呲满是金牙的嘴,似乎在恨那些金牙没有帮上忙。

亚森始终不愿意相信父亲的话:"女人嫁了男人,哪能说不生就不生!我要是娶个老婆,就让她生一窝丫头,嫁一个就给我换一群牛羊、骆驼过来。"

亚森往嘴里塞了一撮纳斯,用舌尖抵到牙根,从牙齿缝里挤压出口水,喷在地上。

"那你娶一个,生一窝给我看看。"父亲骄傲地舔了舔几颗大金牙,背着双手走了。剩下亚森靠在草垛子上晒太阳,他扯开白洋布大裤衩,捉里面的虱子,用两个大拇指的指甲挤出虱子的血,顺手擦在白洋布裤衩上,裤衩上的红斑斑点点。

晚上亚森把白洋布裤衩晾在骆驼刺上冻虱子,早上上面落了霜。父亲撇嘴说:"他的大裤衩除了兜虱子没啥用。"

父亲不穿裤衩,他蹲在灶边烧火,火光映在他的裆部。他的裤子用一根麻绳拴在腰部,裆那里留了个口,闪烁不定的火光打在裆部的豁口。他干瘦的小腹下面黄黄的皮肉闪了闪,消失在黑乎乎的阴影里。

父亲是裁缝,什么衣服都做,就是不做裤衩。在他看来,那简直是浪费布料。裤子不会像裤衩那样限制虱子的自由,它们可以沿着裤缝奔跑。我们活动的时候,它们躲藏在裤缝的折边里,不会滚下来。不穿裤衩也不会妨碍我们长大,我们的身体跟穿裤衩的孩子没什么区别。

母亲一辈子没穿过裤衩，夏天穿条单裤子。躺在她的大腿上，让她帮我捉头发上的虱子的时候，能闻到尿干了以后散发的腥臊味。为了不让经血渗透裤裆，她在裆部塞一块又干又硬的旧毛巾，走路皱着眉叉着双腿，一副苦巴巴的样子。

母亲蹲在墙后面的土坑里，她屁股旁边堆着一堆土块，她抓起其中的一块就往屁股上抹，好像她在喂它吃沙土。她的裤裆里兜着沙子，晚上上炕脱裤子，那些沙子就撒在被窝里。母亲的屁股吃土，父亲的屁股吃报纸。他拿卷莫合烟裁掉的报纸边角抹屁股，我识字后读到的最早的报纸，就是父亲扔在那个大茅坑里的。我用草和庄稼叶子抹屁股，妹妹拉完喜欢撅着屁股往墙角上蹭。马尔在门前的菜园子里，边拉边叫家里的大黄狗来舔舐。父亲用打趣的方式提醒他："小心命根子，不要被黄狗咬掉了。"该咬的和不该咬的，大黄狗分得很清。

树枝上的红绸带

清早起来，看到东边一片被太阳最先照到的骆驼刺开花了。我小心翼翼地把手伸过去，去摘它粉红色的小碎花。

阳光带着还没退去的凉意，打在我手背细绒绒的汗毛上，像是在手上涂了一层白霜。

骆驼刺在我的手指上扎出一个小血点，我吮吸着手指，抬眼看到门前李子树的枝丫上，拴着一条长长的红绸带。

父亲刚巧从屋子里冲出来，正准备对着李子树撒尿，看到红绸带，他一把扯下，怒气冲冲地对着亚森住的屋子大喊："你个蠢骆驼，给我出来，当我女儿是你嘴边的骆驼刺，小心我把你的牙拔了。"

那天起，父亲的脸挂了霜。在院子里遇见亚森，父亲耷拉着眼皮，像是没看见一样。亚森送来的驼奶，父亲让我原封不动地端回去。

到了春天，亚森牵着他的母骆驼和长大了的骆驼羔子，驮着他的全部家当搬走了。

父亲叹口气说："一个牧人喜欢骆驼刺，永远不可能超过他的骆驼。"

父亲没有了亚森可以对着吹嘘，变得少言寡语。我没有骆驼奶喝，日子变得寡淡，没滋没味。大片的骆驼刺没有了骆驼光顾，在院里院外蔓延。父亲说，要清除掉亚森晒过大裤衩的那些骆驼刺。他每天铲的速度，跟不上骆驼刺不管不顾疯长的速度。骆驼刺结果的时候，他泄气地扔下了坎土曼（用来挖土的农具），蹲在地上抽莫合烟。

南疆来的假姑姑

　　南疆的姑姑来看父亲，带着儿子喀迪尔住进我家。她那镀花丝绸裙子里面或隐或现透出两条长腿，屋里屋外麻利地转来转去，围着父亲"哥哥、哥哥"叫个不停。邻居说，她长得一点也不像父亲。他们都在背后议论这个高个子、高颧骨女人，说她一脸寡妇相，弄得母亲也开始怀疑。

　　这个自称是我姑姑的女人，让母亲活在担心丈夫背叛的焦虑和不安中。母亲疑神疑鬼的，似乎将对父亲前六任妻子的嫉妒，都投射到了这个女人身上。

　　父亲对我们说这个"姑姑"的时候，称呼她"喀迪尔的妈妈"。

　　亚森住过的旧屋子里，堆放着一些干草和柴火。父亲每隔一段时间，就会拿着剪裁衣服的大剪刀，把自己关进旧屋子里，鬼鬼祟祟半晌不出来。我好奇地推开木门，发现父亲的头快勾到了肚子上，他手里的剪刀，停留在胯下的一片皮肉上。父亲胯下一直都黑森森的地方，现在变得光秃秃的。

　　我想起阿吉罕人前人后数落自己的丈夫："一裤裆乱蓬蓬的毛，生了虱子也不剪掉，鸟都可以做窝了。"从这些话，我猜测父亲胯下那些毛，跟妹妹的头发一样，生了虱子才被父亲剪掉了。

那天,父亲又进了旧房子,姑姑也跟着进去了。母亲进去抱柴火,她很快冲出来,手里提着父亲的大剪刀。她把剪刀扔进灶火里,随后把怀里吃奶的妹妹的头塞进了灶火。父亲从灶火里把妹妹拉出来,拨掉头上的炭灰和火星子。

母亲从灶火里抓起冒烟的剪刀,奔向门前的河坝,把剪刀扔进了河里,随后把自己也扔进了河里。

父亲冲上了河坝,姑姑在河坝上哭喊,我站在院子里,闻到一股烧羊皮的气味。

"水缸里面全是血。"母亲从河里被捞上来后,一直胡言乱语,说她听到了剪刀落进水缸里的声音。

父亲怀疑那是她把大剪刀烧红后,扔进河里时发出的声音。

母亲表情古怪地对父亲耳语:"我把命根子给你剪断了,剪刀扔进了水缸里,你别再想三想四了。"

母亲趴在水缸边,两只手伸进去乱摸:"水缸里面全是血,全是血……"

"水缸里哪有血?"父亲双手捂住脸说,"她疯了。"

母亲不知道妹妹被"喀迪尔的妈妈"抱走了,她忽而在炕上滚来滚去哭,忽而沿着河坝跑来跑去哭。

父亲恶狠狠地说:"伊娜被你烧死了,你哭有什么用!"

怕蚊子叮咬,怕苍蝇下蛆,姑姑将伊娜关了三个月黑屋子。送回来的时候,她的头发已经长出来了,黑溜溜的脑袋上一个烫伤的疤痕都没有。

"喀迪尔的妈妈"在家里住了一年多,母亲的病犯得一次比一次重。她每次犯病被接回娘家,"喀迪尔的妈妈"就给我们做皮特尔曼塔(薄皮包子)、苜蓿饺子、羊肉馄饨。

姑姑做的曼塔(包子)馅嫩皮薄,母亲做的土豆包子馅干皮厚。父亲的胃是吃曼塔的胃。小姨来了做一锅辣子鸡,外婆来了做一锅臊子面,都比不上姑姑做的羊肉馄饨和皮特尔曼塔。

外婆带着母亲回来,正好碰上"喀迪尔的妈妈"做了一锅羊肉馄饨。外婆指使母亲端起铁锅,把馄饨泼到"假姑姑"鲜亮的大裙摆上。孜然羊肉加皮牙子(洋葱)的味道,带着浓烈的醋意,让村里的女人都闻到了。

"喀迪尔的妈妈"卷了包袱,拖着儿子,红着眼睛走了。

邻居说,她嫁到了沙窝子,那是外婆所在的村子。

我跟马尔去外婆家,父亲缝了一条绿色的纺绸连衣裙,让我们捎给"喀迪尔的妈妈"。我在她家的自留地里看到她时,她穿着一条灰扑扑的裙子跟儿子一起种菜,门口坐着一个白胡子老人,身边放着两根拐杖。这个瘸腿老头就是喀迪尔的新爸爸。

父亲坐在炕头上

母亲已经癫狂到完全不省人事了,见了人,提起刀就要砍,连我们也成了她提着刀追赶的小猎物。最终,她被父亲用麻绳绑在了门框上。谁也不敢靠近母亲,父亲不在家的时候,我们都躲到邻居家不敢回家。

母亲还没有疯的时候,会蒸馒头、包土豆包子,把它们装在篮子里,挂在高高的房梁上。现在篮子是空的,只有一些干得扎手的馒头渣子。

父亲整夜坐在炉子前抽莫合烟,实在饿极了,会叫我起来给他烙薄饼。他想吃薄皮包子的时候,会找其他女人。

父亲带我去挖梭梭柴,寡居运河边看水闸的女人摘了园子里的南瓜,留他吃南瓜包子。父亲的脸和脖子顿时红得像发烧一样,说话的调子变得跟唱木卡姆一样高亢。

看着为他剁南瓜馅子的女人,他亢奋地唱《阿克比利克》。院落里的树上的每一片叶子,都被父亲的歌声带动了摇摆的节奏:

阿克比利克,阿帕克比利克
谁见过美人鱼晒太阳
你总嫌我不够好
你找到哪个比我好……

父亲坐在炕头上，回忆年轻时代吃过的各种馅的薄皮包子，感叹他的阿克比利克（银色的鱼）一条一条从他的肋骨下面游走了，她们带走了他曾经迷恋过的薄皮包子：洋葱羊肉馅的、西红柿青椒羊肉馅的，还有南瓜羊肉馅的。

那天正午，阳光在葡萄架上摇动，切刀在女人的手底下奏乐，南瓜在切刀下快活地舞蹈，灶里的火伴着父亲的歌声呼啸，曼塔在铁锅里的蒸笼子上低吟，运河里的水在水闸边浅唱……

父亲睡不着就抱怨

父亲会对每一个留他吃饭的女人说："我就喜欢吃曼塔。"他几乎吃遍了村里所有女人做的薄皮包子。父亲喜欢说"曼塔"，丝毫不带戏弄的意思，他是一个极其严肃的男人。

去别人家做客，他会直截了当地对女主人说："想吃您做的曼塔。"

他会用"您"来称呼对方，这是他的习惯，即使对用人也使用"您"。

这个"您"，完全把主妇们想要曲解这句话的可能性打消了。父亲说这话的口气像个贵族，他吩咐女人做顿包子，断然不会有别的意思。

白而嫩、弹性像女人皮肤一样的面皮，像晶莹的羊脂玉，粉嫩的馅子隐隐地透出薄皮，像朦胧的面纱映出美女鼓起来的娇唇。咬开薄皮，细碎的羊肉馅肥瘦相间，羊油化成了蛋清一样的汤汁，供贪馋的舌头吮吸。

父亲的胡茬儿被羊油浇得清清亮亮，像稻苗长在水田里。父亲还不老，胡茬儿泛着青色。村里的主妇们还年轻，头巾下露出的两鬓也是青的，她们吮吸包子、舔手指时的娇态，我蓬头垢面的麻脸母亲没法比。

"喀迪尔的妈妈"走了以后，父亲的瞌睡越来越少，咳嗽越来越多。疯母亲整夜自言自语，跟她睡觉的父亲快要疯了。

父亲睡不着就抱怨，枕头那么僵硬，里面的荞麦、黄豆硌得人脑仁子疼。亚斯图克（枕头）里面塞棉花，软软的多好，"亚托克"（睡觉了）听起来像女人在柔声细气地恳求"我们睡啦"。他喜欢睡觉的物件有柔软的质地，带着暧昧的暗示。在父亲的耳边，它们每一夜都说着诱惑的话，躺下来吧。

在母亲那里，枕头和被子都是死的物件，又聋又哑又疯癫。"枕头""被子"这些词，听起来硬邦邦的，让他心里发怵。可是他跟哪一任前妻，也没有跟我母亲睡"枕头"、盖"被子"那么长久。他就像被我母亲施了魔法，她对于他，就是扔不掉的硬枕头，蹬不脱的冷被子。

风像一把巨大的梳子

我头顶两根羊角辫,在绿汪汪的麦地里飞跑,追逐跑在我前面的邻家男孩,他一头蒿草一样的乱发迎风飘飞。

风像一把巨大的梳子,把麦地墨绿色的头发往两边梳,麦苗摇晃着,露出麦地的发缝——褐黄的土埂子。

我们在田埂上飞奔,我呼叫着向他扑过去。邻家男孩飞出麦地,飞奔到屋后的墙根下,弯下身子大口喘息。我追出麦地,两只脚丫上的泥点,落在墙根后面的虚土上。我捏起一把塘土,仰着脸,上气不接下气地对男孩说:"我们捏泥巴人玩吧。"

邻家男孩诡异地看了我一眼,转过身对着墙根的虚土撒了一泡尿,系好裤子,蹲下身开始用尿和泥巴。我褪下裤子在墙脚撒尿,男孩看看我的光屁股,用食指在腮帮子上一划一划,说:"丫头跟娃子,肚里生芽子。"

我不解地望望男孩,开始专心地捏泥巴人。

邻家男孩举起捏好的泥巴人,缓缓地移过来。我看到他捏的泥巴人肚子下面,有一根细细的泥棍,像一根手指指着我。我的泥巴人是照着自己的身体捏的,平板板的肚子下面有一个洞眼,这个洞眼是我用手指戳的。

他的泥巴人用力顶过来,我顽皮地让手中的泥巴人迎上去。我的泥巴人开始破裂,泥巴碎了一地。

男孩手里的泥巴人结结实实，完完整整。

我输了，有一丝淡淡的羞惭让我低下头，隐隐地觉得男孩的动作，似乎在告诉我什么。

他把手里的泥巴人猛地摔在地上，泥巴人仰面朝天躺在虚土里，四分五裂。

丫头跟娃子

从农场来了一对男女，对着妹妹剃得像西瓜一样的光头指指点点。男的猜谜一样说是男娃子，女的说是尕丫头。

我一把扯下妹妹的开裆裤，把谜底亮在那对男女吃惊的眼睛里。我已经懂了，分辨是男娃子还是尕丫头，不看头发，看裤裆里面。我很得意地看着那对目瞪口呆的男女。

这种眼神，我从父亲眼里看到过。妈妈产下妹妹的那个冬夜，我揭开妈妈渗透了羊水和血水的被子，掰开妈妈大腿间躺着的小生命的双腿，看到小家伙胯下没有"铃铛"，不带"把儿"，跟自己一样平平的，回过头报信给正在往炉子里添煤的父亲："是个尕丫头。"父亲睁圆了眼睛看着我满手的血，脸上的每根胡子都吃惊地立起来。

夏天，我跟邻居家的男娃子爬进门前渠沟的浑水里洗澡，光着身子被妈妈从泥汤里拽出来。她折了岸上的柳树条当鞭子，在我屁股蛋上狠抽。我不明白她为什么抽我屁股，但每一丝痛都像是在告诉我什么。

屁股被打得麻木了，我看到邻家男孩像个泥猴一样站在岸上，眼睁睁地看着这一幕，男孩胯间凸起的部分，很像他捏的那个泥人肚子下面的泥棍。我低头看看自己，光溜溜的肚皮下面平平的，似乎身体里有什么东西，被妈妈热辣辣的柳树条鞭子抽醒了。

我隐隐觉得，妈妈抽打我的屁股蛋，跟我看到男娃子身体上的什么东西有关。妈妈什么也不说，一个劲地抽我，柳树条鞭子在我的屁股蛋上一跳一跳。这时候，偏偏听到邻居家的男孩对着我喊："丫头跟娃子，肚里生芽子。"

我一直弄不清楚，这个"芽子"，到底是"伢子"，还是"芽子"。我不知道该找谁去问。在我的想象里，芽子就是小虫子一样的肉芽，就像我用咒语施了魔法的木棍，从沙眼里搅出来的蚯蚓。

那个头发乱蓬蓬的邻家男孩，在墙根用尿尿和泥巴捏小泥人的方式告诉我的，比妈妈用柳树条子在我屁股上抽打告诉我的要多。

我不能输给那头驴

妈妈把我拉回家,我对着父亲嘀咕了一句:"丫头跟娃子,为啥肚里会生芽子?"父亲勃然大怒,伸手去拿墙上的鞭子,我拔腿就跑。

父亲被我甩出老远,他干脆骑上大黑驴追我。

我不能输给那头驴。

我沿着河坝的大下坡跑,越到沟底坡越陡,驴蹄子开始打滑。

扑通——追我的男人从驴上栽下来。

我刹住沙土里的光脚丫,往回看,发现已经滚到坡底的他,正拽住驴缰绳,灰头土脸地爬起来,挣扎着用一双绿眼珠子瞪我。

我弯下腰,喘着大气,嘲笑这个追我的男人。

他弯下腰去捡土块,就像打狗的动作。土块追过来,我抢在土块前面飞身越过了河。

河流隔开了我和他。

"猎手"拉开了架势,接连抛过来的土块,就像箭嗖嗖地射来。

土块在空中呼啸,带着怒气冲冲的尾巴,河面被犁出一道道白烟。土块有一些落在我的头顶和肩背上,有一些在我脚边碎裂。这些含着太多沙粒的泥块,完全没有我的皮肉和骨骼耐得住撞击。

这个穷追猛打的男人，让我全身紧张又兴奋，恐惧刺激着我，我的心脏像小青蛙的腮一样鼓胀和收缩。

我爬到对岸的坝坡上俯瞰，男人立在坡底，矮矮的，仰起头不甘心地看着我，秃顶在太阳下一闪一闪。河坝黑魆魆的水面，被土块从中心切开，荡起白花顽皮地戏弄他。

他弓腰捡土块的姿势一次比一次迟缓，他射出的箭射程一次比一次短，无法击中他预定的目标。最后他抛出的土块，在空中画出微弱的半弧，最终落在离他自己不远的地方。

男人用尽了力气后，一屁股坐在地上，点燃了一支莫合烟，与我隔河对峙。

老虎钳子拔掉我的牙

我们家和面的搪瓷盆，是上海产的，盆底写着"大众"两个字，那是父亲最早教我认识的字。父亲其实只认识这两个汉字，是老乡教他的。

似乎担心我以后跟他一样，连脸盆上的字都不认识，他把五岁的我送进了汉语班。也可能,他觉得我听不懂"丫头跟娃子，肚里生芽子"，我的提问惹他生气了。我把他送我读书，看成是他对我的一种惩罚方式。

邻居家的孩子都进了哈萨克语班，汉语班的孩子我一个都不认识。没有人愿意跟我坐，他们交头接耳地说我身上有一股羊奶子味。课间休息，汉语班的孩子拿出馒头啃，我从书包里拿出半块干馕，他们都围上来喊："哈萨克娃喝奶茶，一口喝出个羊尾巴。"这几句话我听得懂，我不知道，他们为啥只对着我一个人喊。

上课铃声响了，我跑到哈萨克语班的窗口，里面坐着的都是邻居家的孩子，我钻进了熟悉的小伙伴中间，跟他们一起张大嘴巴念拉丁字母 abcd。

我每天上课躲藏在哈萨克语班，不知道是谁告了密，那天下午，父亲气势汹汹地闯进课堂，揪着我的耳朵，把我拎到了汉语班，让我跟着他们学拼音 aoe。

"我学不会。"我嘟囔。

"亚合江也从哈萨克语班转到了汉语班，不是也上得好好的？"

"他没上几天，就回家放羊去了。"

他放开我的耳朵，指着我的嘴说："你再敢犟嘴，我用老虎钳子拔掉你的牙！"

放学回家，我看见父亲捂着腮帮子，嘴里喂喂喂喂叫着，他爬到大炕上，盖着厚厚的棉被，全身都在发抖。

他张开嘴打着呼噜，嘴巴里空空的，一颗牙都没了，瘪瘪的金牙套黯然躺在枕边，完全没有了原来的威风和光泽。我看到过父亲给睡觉打呼噜的小姨嘴巴里塞上棉花，很想拿一把棉花塞到他嘴里。下午他还在教训我，要用老虎钳子拔掉我的牙，现在这个凶悍的人被拔掉了牙齿，他没有被什么征服过，这次被自己的牙痛打趴下了。看到他空荡荡的嘴里流出的口水，带着一丝丝粉红的血，我心里已经不再责怪他揪着我的耳朵把我拎到了汉语班，毕竟我的耳朵还在，而他的牙已经一颗都没有了。

煤油抓饭

　　闭上眼睛进屋，我都能确认朝南的屋里那两口大缸，一个蓄着水，另一个腌着咸菜。我根本不用看，水缸常年放在同一个位置，从来没有换过。

　　村里的井离我家太远。夏天，我和马尔隔天就要去井里抬好几桶水把缸灌满。冬天，我们把河里的冰敲成块，装在毛驴车上拉回来，放在大铁锅里烧火化成水，倒进水缸里。柴火不够烧了，我们把冰块堆在大房间的炕上，做饭时干脆将冰直接入锅。水缸干得只剩下缸底一层灰泥，做的饭里也像缸底一样沉着一层泥沙。

　　家里青黄不接，实在没有菜吃，马尔看到老乡家有豆芽吃，回来对我说："我们还有点黄豆，发豆芽吃。"父亲说："别胡日鬼，那是明年的黄豆种子。"我和马尔趁水缸里还有水，扔了一把黄豆下去。没几天，黄豆就裂开了小口，我们赶紧在锅里焯熟了当菜吃。

趁父亲不在的时候，我和马尔把父亲留作种子的半袋黄豆全倒进了缸里。一个礼拜后，豆芽从缸底升起来，满满一缸，根本来不及吃。缸底下的黄豆还没有发出芽来，就坏掉了，发出了类似屁的臭味。即便如此，我们也照吃不误。

我们天天吃豆芽，父亲大骂明年的黄豆种子变成了臭屁。骂完了，他从老乡那里换了一点大米，从邻居家借了一点肉，说要做一顿抓饭。父亲说："家里一滴油都没了，干脆大米、肉和胡萝卜不用过油炒，直接放在水里煮，这样就不会粘锅了。"母亲可能听到父亲说家里没油了，趁我们一不留神，把油灯里的煤油全部倒进了抓饭锅里。她的意识还停留在那个年代，认为油灯里点的都是菜籽油。一锅热气腾腾的抓饭冒着浓浓的煤油味，我和马尔围着抓饭锅大哭，伤心得就像在办谁的丧事。

案板逃也逃不掉

父亲的缝纫机放在南窗前，从早到晚可以借到最多的光亮。靠近南窗，在墙拐角的位置，跟两个水缸并排，支着一块一米见方的案板，案板靠着的两面墙，斑驳的墙皮上翘着一根根东倒西歪的麦草。正午，从泥迹斑斑的窗玻璃透进来的亮光，刚好打在泥墙和油黑的案板上，从侧面看过去，墙上像是长了稀疏的黄胡须。

黑乎乎的案板趴在墙角，看上去像一头拴着的牲口。案板用四根木桩固定在地上，木桩朝着同一个方向倾斜着，一副想要拔腿逃跑的架势。随着人在案板上不断使力，木桩渐渐深入土里，变得越来越牢固，案板逃也逃不掉了。

母亲什么能力都丧失了，似乎只恢复了做面条的功夫。父亲把半盆面粉和一碗调制好的盐水交给她。她和面、擀面、切面，每一个步骤都是机械的，完全依赖过去的肌肉记忆，像匠人一样，熟练无误地完成整一套程序。

也会出现意外，和面时母亲会突然想起要往碗里加盐。母亲反复加了几次盐之后，我们吃面时就只能尽量避免咀嚼，减少面食在口舌上停留的时间，在辨别出咸味之前赶紧吞咽下去，就像吃药那样。

案板与四个木桩用榫卯结构契合在一起，在我眼里，案板和它的四只脚是长在一起的，就像羊的四条腿，不可能拆下来清洗案板表面。

灰尘一层层落在案板四周，跟水迹、油迹牢牢黏合在一起，形成一层油腻的黑色垢痂，只在经常切菜、揉面、擀面的案板中部，显出一块椭圆形的木纹底色，像从黑暗的天空里升起了一轮淡黄的明月。

父亲不赞成我们用水清洗案板，他担心案板湿水容易腐烂，影响使用寿命。大梁坡这个村庄，要找那么大的木料，让木匠做成一米见方的案板，是很费力的事。清洗案板还会使地面变得泥泞，等不到案板干透就要擀面，湿了的案板会沾走更多的面粉。

妈妈经常一手擀面，一手抱着赘在奶头上的妹妹。妹妹的尿撒在案板上，她用手把尿刮到地上，在案板湿处撒点面粉上去，继续擀她的面。尿水湿过的那一片，沾了干面粉，比案板的其他部分显得白一些。

我们担心客人来了，看到我们家的案板，不敢吃饭。开春，我跟马尔把案板面卸了，抬到河坝里冲洗，把面上的垢痂和塞在缝隙里的污垢全都清除干净。案板晒干后像是缩水了，所有的缝都漏了，变成了一块烂板子。

全家人团结在大炕上

靠着咸菜缸的那一头对着锅灶，灶台是父亲用土块垒的，上面用稻草和泥墁了一层，炒菜、煮粥、煮面、洗锅留下的斑斑油渍、污渍，长年遭受烟熏火燎之后，整个锅台变得黑黝黝的，像包了一层浆。

炉子通着火墙，灶火通着大炕。入冬后，全家人团结在大炕上。父亲不断地捅火炉，母亲终日躲在火墙后面，不是睡觉，就是在给妹妹喂奶。

在北疆寒冷而漫长的冬春季，一家人烧水、做饭、洗衣服、洗澡都在朝南的屋子里完成。它除了承担客厅、卧房、厨房、餐厅、卫生间的功能，还充当妈妈生孩子的产房，也是那些冬春季下羔子的母羊的产房。从牛圈、羊圈、驴圈、鸡圈里带进来的气味，烧炉子的煤烟味和熏炕洞的柴草味，充斥着这间屋子。鞋子上带着泥土、煤渣、炉灰，不断踩踏，让地面显出黝黑的颜色。四面的墙，也被煤炉的烟、灶火的油烟熏染出拙劣的图画。

父亲不赞成每天扫地，怕地被扫薄了。泥土不断地被扫帚刮走后，地面已经被扫出坑来。墙体下面的墙皮剥落的一小段，里面露出了土打墙和地基的原始面貌，墙体像是咧开嘴露出了它的牙龈。地上的土也是我们家的财产，扫地的动作必须很轻，父亲给我们示范扫地的动作，就像用扫帚给地面轻轻地挠痒痒。

没有客人的客房

窗户朝东的大房间相当于我们的夏季客厅,房间里的大炕上,有一卷走村串户的和田毡匠擀的花毡,炕桌的油漆像是蓝墨水染出来的一样,炕桌是招待客人时才用的。地上有一个墨绿色的三屉桌,桌子上方挂着一块穿衣镜,这是裁缝家才有的奢侈品。

每年夏天,我们都把大房间收拾得干干净净、漂漂亮亮,把父亲的缝纫机从南边的屋子搬过来,靠东窗放好,用布罩罩住。夏天农忙季节,父亲整天干地里的活儿,缝纫机在家成了摆设。摆好桌子,铺好花毡,把墙上的穿衣镜擦了又擦,我天天盼着来客人。大房间来客人多有面子,收拾好了,把门拴住,谁也不许进去,几乎没有生活的痕迹,不像南边的屋子藏污纳垢。偏偏夏季所有人都忙着,没来过一个客人。每到深秋要搬入南边的房间之前,我都抱着深不见底的遗憾,就像是打扮好的新娘子,最终没有等来新郎官。

最让人想不通的是,检查卫生偏要放在冬天,我们一家挤在最脏、最乱、臊气烘烘的朝南的屋子里。

那天,我从大队部的中学往回走,一路看到村里每家每户门上都贴上了一张红色的油光纸,上面写着黑色的毛笔字"清洁"。路过邻居家,看他家门上贴的"清洁"前面多了个"最"字。远远看过去，我家门上贴的字也是三个，看着那第一个字笔画稀疏，心里就打鼓。雪白晃晃的，我站在雪地里，盯着那个赫然的"不"，白雪上顿时布满了黑色的"不"，让我眼前发黑。我想把那个"不"字裁掉，甚至想把邻居家的那个"最"字偷换过来。

从那次以后，任何挂在墙上的毛笔字，在我眼里都会变幻成"不清洁"三个字。

羊儿们被"割了尾巴"

那个冬天，村里夜学，挨家挨户读报纸，点名要进我家，让我们把屋子清扫干净。

朝南的屋子里一堆娃娃要睡觉，父亲只好在大房间里砌了火墙。火墙不通炕，离炕好几米远，炉子里烧了火，热气顺着火墙的烟囱溜走了，炉子和火墙成了样子货。一堆人围坐在炕上，屁股底下是冷的，远远地看着炉子里的火苗，屋子流动的空气也透着寒意。炕桌上放着煤油灯，唯有读报纸的人，像是双手捧着一个热馍在啃。他就着灯光啃一口，哈出一团团白雾，煤油灯的火苗像受到惊吓一样抖动。听报纸的人穿着鞋子坐在炕上，手笼在羊皮袄的袖筒里，像冻僵了一样一动不动。

我努力想象着这群黑胡子、黄胡子、白胡子的人和没有胡子的人围坐在一起,是在等着吃羊肉抓饭,念完一长串之后,热腾腾的羊肉抓饭就会端上来。不等仪式结束,我就在幻想的抓饭味中昏昏欲睡。

一觉醒来,我躺在南边屋子的热炕上,被子里夹杂着洋葱、羊油和汗味混合的气息。

眼睛一睁开,我就对父亲说:"我闻到了炒羊肉的味道。"

父亲扒拉着我的头发说:"看你头上尽是虱子,把你的头发剃了,就宰一只羊给你吃。"

"羊能回到羊圈里,我就把头发剃了。"我知道父亲在骗我,羊儿们早被"割了尾巴",羊圈里只剩下陈年的羊粪。

都盯着我凸起的胸

古丽荪悄悄大了肚子,一个冬天窝在她家的大炕上,不敢出门见人。她妈阿吉罕一把把她从炕上拉下来,推搡着让她去牛圈喂牛。古丽荪给牛撒了两捆玉米秆子,我听见她的喘气声比牛还粗。

牛圈里,她掀起大裙子,褪下秋裤。我看到她的下体长着密密的一层绒毛,肚子胀鼓鼓的,像个西瓜。她吃力地蹲下去撒尿。

"你喜欢爸爸，还是喜欢妈妈？"古丽荪问我这句话，像是使劲拉出了一个憋了太久的东西，脸都挣紫了。

我脱口而出："我喜欢爸爸，喜欢他腋窝里的味道。我在他腋窝里孵大，再从肚脐眼里生出来。我妈妈是个疯子，浑身脏兮兮、臭烘烘的。"

古丽荪回到屋子里，对她妈妈说："她说她妈是个疯子。她喜欢她爸爸的腋窝。"

阿吉罕一脸鄙夷地说："呸！当妈的白白生了你们这些有罪的羔羊。"

古丽荪的脸红到了耳朵根，她用毛茸茸的大眼睛盯住我，似乎她的脸是替我红的，或者她想看看我的脸是不是也跟着红了。

从古丽荪家回来，走在田埂上，一株草苗从白雪里探出两瓣嫩叶。一种跟小草一起发芽的情愫占据了我，在我心里萌动。我匍匐着身子，为它哼唱了一首新学的歌。

春天，村子里都在传说，古丽荪的继父在她睡着的时候，侵入了她的身体。古丽荪怀了她继父的孩子。

我每天醒来都很害怕，担心晚上睡着以后，自己的身体是不是被什么东西侵入过。我想知道，如果有，醒来到底会有什么感觉。我很想去看古丽荪。古丽荪生了孩子以后，他们家的院子里拴了一条大狼狗，绳子一直扯到院子门口，谁也进不了。

放学回来的路上,我躲进土沟边的树丛里,平躺在枯枝败叶上,褪下裤子,摸摸自己的肚子有没有像古丽荪那样鼓胀起来。发现我的下体长出了像古丽荪一样的绒毛,我担心自己会不会也怀孕了。

到了夏天,村里放露天电影,我穿了淡紫色的确良衬衫,一对乳苞把薄薄的衣服顶出硬鼓鼓的尖。

"穿这么少,不怕受凉?"父亲的眼光奇怪地躲避着我。这种躲避恰恰是一种带有指向性的躲避,他要避开不看的,正是他要示意我引起了他注意的地方。

"大夏天的,咋会冷?"条件反射一样,我一下子领会了他的意思,满脸像着了火,下意识地把下巴往领口缩。

父亲躲避的眼神,一瞬间给我注入了一种微妙的东西。我来到电影放映场地后,突然苏醒的羞臊感,让我觉得每个男人的目光都盯着我凸起的胸。

老乡跟籍贯没啥关系

农村开始大张旗鼓地鼓励养鸡养羊,父亲像报仇一样,养了满圈的羊、满院子的鸡鸭鹅。

我故意试探父亲:"羊又回到了羊圈,我的头还剃吗?"

父亲一愣:"这么大的姑娘,为啥要剃头?留长头发多好。"

我有点失望,他大概忘了自己说过的话,说我要是剃了头,他就宰一只羊给我吃。我有点后悔让父亲用六六粉把头上的虱子药死了。

村里几乎每户人家都在农场认老乡,就是各家各户自己从农场找一户人家,当成自己的长期易货"客户"。老乡是农场人对村里人的亲昵称呼,后来我们也称呼对方为老乡,老乡其实跟籍贯没啥关系。每一家养的鸡和鸡下的蛋,可以找老乡换成钱,好买油、盐、茶。一袋米跟老乡换两袋面,吃大米又费油又费菜,老乡都是口里人,喜欢吃大米,他们每个月有工资拿,即使贵一点也吃得起。

父亲刚开始认了水管站的小侯做老乡,水管站属于地方上管,离我们家近,走起来方便。小侯来跟我们换大米,嫌父亲的面袋子受潮了,厚厚一层面粉粘在袋子上。他让父亲减去四两,父亲照例只减去二两。他认为父亲故意骗秤,短斤少两,父亲觉得很没面子。

过了没多久,小侯趁着父亲不在家,从母亲手里买去了四只鸡,给的钱只够买别人家两只鸡。父亲说,他猴奸猴奸的,从此再也不跟他来往了。

父亲觉得地方上的人太小气,干脆认了农场配种站的王兽医做老乡。王老乡来家里,不会像小侯那样,站在院子里喊"换大米、买鸡蛋",小侯不愿意进屋子,嫌空气不好。

我们家炕边的墙一直都是光溜溜的泥墙,坐在炕上挨着墙,后背蹭得满背黄土和麦草屑,像是去扛了装麦草的麻袋。炕边的泥墙上挂满家里人半夜擤的鼻涕,在火墙上甩得一道道的,白天干了,看起来像一溜溜的糨糊。村里的人来我们家门口干活,要口水喝,我会把水碗端到院子里,不敢带他们进家门,怕他们看了喝不下去。

大馕趴在茄子上

王老乡从不嫌我们家空气不好,跟父亲坐在灶火前谈天说地聊日子,一聊就是半晌。

见了我,他夸道:"这一头披肩发多好看!"

我暗自庆幸没剃掉这一头长发,跟父亲换羊肉吃。

父亲向他抱怨:"好看不能当饭吃,娃娃太多,老婆有病,一大家子太难养了。"

王老乡拍拍父亲的肩膀:"你有福气,我只有一个女儿,孤单得很。嫌娃娃多,我领一个回去养,舍不得吧?"

"你女儿嫁给我儿子,你舍得不?"父亲对我挤了挤眼睛,示意我他是故意在激他。

"老裁缝,你这是哪壶不开提哪壶。就是我同意,她妈也不干。就是我和她妈同意，女儿也不干哪。"王老乡红着脖子，一副认了真的样子。

"我开个玩笑。你女儿吃商品粮，将来拿国家工资，不一样的命，哪里肯嫁农村人？"

王老乡摆摆手："你女儿将来考上大学，肯定也不愿意嫁给农村人。"

"不说这些，我们喝酒。"父亲拿出他藏在驴圈里的酒，对我摆摆手，"丫头，给王伯伯做个压趴馍。"

我去菜园里摘了一篮茄子，洗了切成大块，用棉花蘸了菜油抹一下锅底，茄子倒在大铁锅里炒到半熟后，把一大团发好的面擀成一个大圆饼，盖在大半锅茄子上，加了水一起蒸煮。

王老乡从没见过这种下酒的饭菜，问父亲为啥叫"压趴馍"，父亲跟他打趣说："大馍趴在茄子上，不就叫'压趴馍'？"

王老乡笑得粗短的脖子都红了，说："你太会说笑了。我差点忘了，今天有件好事告诉你，咱们配种站要淘汰一头黑种驴，像骡子那么高大，要不要买回来搞个'压趴驴'，给四乡八里的驴配配种？一次能赚好几十块，等于养个下金蛋的驴。"

父亲一听，乐得龇着满嘴的假牙，说："这年头驴那玩意儿这么值钱！行，约个日子，我去相驴。"

临走,王老乡对父亲说:"来的时候把丫头带上,正好跟我女儿做个伴。"

我坐在一堆羊肉旁

暑假开始后的一个早晨,我看见父亲蹲在羊圈门口,地上躺着一只绵羊。父亲手里握着刀子,他像脱棉袄一样,把厚厚的羊皮从羊脖子根脱到泛白的羊肚子两边。圆滚滚的羊肚子上的青筋,让我想到古丽荪鼓起的肚子。

"为啥宰它?肚子里有羔子呢。"

"哪来的羔子?羊吃多了苜蓿,胀死了。"

父亲把宰好的羊用剥下来的羊皮裹好,放在毛驴车上,又在上面加盖了一层毡子。

"丫头,换上干净的衣服,我们趁早上凉快,去农场把羊肉卖了。"

他从木箱底下翻出蓝色中山装,用一块旧头巾包好,放在车上,又往车上铺的毡子下面塞了一双半旧的灰色尼龙袜子。

到了农场地界,毛驴车拐上了柏油马路。路两边的林带里树枝被精心修剪过,树木齐整得就像列队站立的军人。农场人的庄稼地比地方上的平整,防风带、田埂把田地围得方方正正，地里一棵杂草也没有，一样的庄稼，长势跟村里的完全不一样。

太阳晒得猛起来，驴蹄子踩在黑汪汪的柏油路上开始发黏，发出扑哧扑哧的声音。父亲把毛驴车赶下柏油路，在林带旁农场用来灌溉庄稼的喷井边停下来。井水从一个粗粗的铁管子里向上冲出来，像一朵盛开的银菊一样散开，清冽的水四散在井滩上。毛驴在井滩上饮水，父亲摘下头上那顶军绿色的坎土曼帽接了水，把盖在羊肉上的毡子打湿，给晒热了的羊肉降温。看着毛驴饮够了水，他脱下解放鞋，将两只鞋相互拍打了一会儿，卷起裤腿，两只脚踏进喷井边的浅水里扑腾了一阵，踩着井台边的碎石子，跳到毛驴车上，摸出尼龙袜，一边往脚上套，一边嘱咐我："记住，到了老乡家里，要干干净净的，不能让人家嫌弃咱们。"

正午的炎热让车上羊皮包裹的羊肉散发出一股难闻的味道，我坐在一堆羊肉旁，身上沾满了羊膻味。

父亲把车赶到一旁的树荫下，卷了一根莫合烟坐着，让我下去洗头洗脸。

一个骑自行车，穿绿格子上衣、黑色长裤的女人停在井台边。她脱掉绿格子上衣，叠好夹在自行车后座上，卷起白衬衫的袖子，来到喷井边。看我把脑袋凑到喷井的水流下面洗头，她对着父亲那边喊："井水对头冲，要着凉的。"

父亲走过来，把蓝色中山装披在我身上，看着女人洗完了手，掏出手绢擦干，推着自行车离开。父亲叼着烟，对着女人的背影自言自语："黑裤子绷在她屁股上，咋这么好看？"在父亲的眼里，黑色一直是他最看不上眼的颜色。

她上衣那种料子，让我觉得惊奇："绿格子衣服又宽又短，布料那么粗，看着很奇怪。"

"那可是毛呢料子，大工厂的裁缝做的时髦款式，你想买都买不到，肯定是从上海、天津捎过来的。"父亲当了大半辈子裁缝，他的反驳让我对那件衣服的看法由惊奇转为羡慕，只恨自己没多看几眼。

坐在毛驴车上，湿淋淋的头发很快被柏油马路上的热风烘干了。井水洗出来的头发很亮很滑，让一直用浑浊泛黄的渠水洗头的我，有种脱胎换骨的感觉。

我不会嫁给村里的男孩子

毛驴车停在老乡家门前，离公用自来水龙头不远的地方，中午，老乡们来拎水，看到车上的羊肉，三三两两地围上来。父亲手里拿着刀，像裁剪衣料一样，一块一块地为他们宰割那头羊。

有个戴眼镜的老乡一只手扶住眼镜，对父亲说："割一条前腿给我。"又靠近打量了我一下说："嘿，丫头长得真标致,打扮得不像农村孩子,以后打算嫁给啥样的男人？"

父亲提起羊的一条前腿说："她喜欢啥样的，就嫁给啥样的。"

四眼老乡叹口气说："这么洋气、文静的小姑娘，嫁到我们农场来吧。"

一中午，一只羊卖得只剩下羊头和羊蹄。有两个老乡你闻一下，他闻一下，一起对父亲摇头，说："老乡，羊头都发臭了。"

父亲从中山装口袋里，掏出卖羊肉得来的一沓票子，用手指在舌头上沾了点唾沫数了数，提起剩下的羊头和羊蹄，拍拍我的头说："走，丫头，不卖了，到王老乡家吃中饭去。"

我跟在父亲身后，嘟嘟囔囔："我长大想嫁到农场，不用养鸡养羊，肉可以拿钱买。"

父亲把驴车拴在王老乡家门口的电线杆上，转过头来说："除了拿工资，农场还有啥好？连玉米棒子都吃不到。他们种到地里的东西不归个人，我们的玉米想掰就掰，菜想摘就摘。农村要是像农场那样不准养鸡养羊，咋养活你们？你看，老乡连孩子都不敢生第二个。"

我跟父亲说："以后我的家墙要刷得雪白，沿着大炕要围一圈花布炕围子。"

不管父亲说啥，我都认定了，长大了，我不会嫁给村里的男孩子，我不会嫁给老马家常年挂着两行黄鼻涕的孬子，不会嫁给小苏家一说话就结巴的咕咕噔，不会嫁给桃子老庞家矮墩墩、傻兮兮的小石头。他们家跟我们家一样，光秃秃的黄泥墙，黑乎乎的灶台，炕上摊着散发着汗馊味的破被子。我也不能嫁给亚合江家，来了客人要不停地烧奶茶，打着瞌睡给客人倒奶茶倒到天亮，天亮了再去挤奶放羊。我不能嫁给我的同学，一辈子种地、挑水、打场、拔猪草。我扛不动坎土曼、铁锨，挑不动水桶，也提不动那么大的筐。

我将来嫁给谁成了一个问题。

老乡家的菜油香

我来到了王老乡家，他家炒了西红柿鸡蛋和醋熘土豆丝，蒸了米饭。王老乡的女儿兰萍勉强吃了一小碗，就说饱了。她人细得像根麻秆，瘦长的脸白得像透明的小白菜。吃完饭，我避过其他人问父亲："我们家种的西红柿，不是生吃就是跟洋葱和辣椒凉拌，家里鸡下那么多蛋，为啥不吃西红柿炒蛋？"

父亲压低嗓门说："西红柿生吃、凉拌不费油，再说，鸡蛋吃到肚子里，拿啥去换书和作业本？"

"老乡家的土豆丝切得那么细，也不会粘锅。"我还是不依不饶，跟父亲小声嘟囔。

父亲的气息变得很粗，说："那么细还想不粘锅，得倒多少油？土豆丝切得再细还是土豆变的，拉出来都一个样。"

我们的油菜和葵花，每年都种在门前的开阔地里。夏天，推开东面的窗户，就能看见大片大片金灿灿的花。秋天，我会抓一把葵花子，爬上房顶背靠烟囱坐着，边嗑生葵花子，边看父亲把装菜籽和葵花子的麻袋扎口，装在毛驴车上去缴公。

我想继续跟父亲犟，他的话一出口就堵住了我的嘴，我一下子找不到词了。知道他不高兴，说话嗓门不大，呼吸明显变急促了。我翻翻眼皮，把嘴巴闭上。

王老乡家的晚饭是菠菜面疙瘩汤就白面馒头，同样的面粉和蔬菜，老乡家做出来的多了一股菜油的香。我默默地想，可惜父亲吃完午饭就走了，没吃到老乡家的疙瘩汤。转念一想，即便他觉得好吃，也会说："不管吃进是啥味道，拉出来都一个样。"这个道理我没法反驳。

我睡在单人木床上

晚上，我跟兰萍住一个房间，我睡在单人木床上。兰萍穿着她母亲为她缝制的雪白的确良奶袋子，宽宽的白布带子在她苍白瘦削的后背交叉，在背上打了一个白色的大叉叉，像是某种禁用物品的标志。她在屋子里走来走去，背影有种凛然不可侵犯的样子。我联想起小时候亚森家母驼乳房上套着的白色帆布奶袋子，用麻绳系在后屁股上，为的是不让小驼吃到母驼的奶。

关灯前，兰萍拉上她床前粉红色小碎花的塑料帘子。帘子应该是我来之前新挂上去的，散发着一股新鲜塑料甜腻的香味。这个芳香的帘子把我们隔开了，我看不到兰萍，兰萍也看不到我，免去了很多尴尬。我脱了衬衣和裤子，全身只剩一件棉布小背心，穿它为的是把两坨凸起的小肉坡压扁，制止它乱颤乱晃。

小背心太紧，右侧一排密密的纽扣陷进了肉里。我干脆把小背心也脱了，右侧靠近肋骨的皮肉长期受小背心和纽扣挤压，勒出了一道道血痕。我小心翼翼地躺平身子，被子是纺绸面、白洋布里子的，盖在身上松软轻薄，不像家里的旧被子又硬又重，像盖了羊毛毡子。我担心被里子染上血迹，于是，便掀掉身上的被子，重新坐起来，套上小背心，将有纽扣的那边开口向左，让小背心将右肋骨上的血痕包住。我摸摸木床的床头，按一按软绵绵的枕头和舒服柔软的棉褥子，躺在干爽的棉布床单上，呼吸着塑料帘子的甜香，在黑暗里睁大眼睛，舍不得睡。

早上起来，兰萍用白色蓝边的搪瓷脸盆盛了水，放在红漆木质脸盆架上，拿出一条崭新的白毛巾在温水里洗了拧干，又换了一盆温水，才把毛巾递给我，看着我洗完脸，用毛巾擦干，又让我抹了她的香脂。兰萍的父母和我们一起端端正正地坐在八仙桌前，桌上摆着一碟花生米、一盘花卷、四根油条，每人面前放着一杯豆浆和一小碗大米粥。

围着八仙桌坐在带靠背的木椅上吃早饭，这与平时我们家一人端一只大碗，坐在炕沿上或蹲在炉子边和灶火旁吃饭的气氛迥然不同。

院子前面那排白杨树的影子斜斜地伸过来，树影探到窗玻璃上。太阳光软绵绵的，没那么刺眼。在这里，早上一切都不用那么费力，没有鸭鹅要赶，没有鸡狗要喂，没有牛羊要放，房前屋后干干净净，不像村里，到处是动物的粪便。

兰萍家吃自来水，公用自来水龙头离着十几米远。水很清，拎来就可以吃用，不用放在水缸里澄清。我提着水桶要去水龙头上接水，被兰萍的父亲挡住，说女孩子拎那么重的东西，体型会变形。我说，在家里习惯了，抬水的事大半是我和马尔去。

隔着竹帘子的窥探

这里几户人家住在一大排平房里，不像村庄里邻居相隔很远。兰萍家隔壁一个留着平头的男孩子，掀开竹门帘走出来，手里拿着一本书。

我第一次这么好奇地看一个少年，他的头发像一根根黑色的钢针一样立起来，黑亮黑亮，雪白的衬衣领子袖口平平整整，黑布鞋上不沾一丝灰尘。

少年目不斜视地向平房的另一端走去，他似乎感觉到有人在看他的背影，条件反射似的挺起胸，把手背到了后面。我看到那本书的书名：麦田里的守望者。我的眼前闪过一望无际的麦田里，一个孤独的少年，被风吹拂的黑发。

兰萍从背后凑上来，笑嘻嘻地说："那是邻家男孩麦秸，未来的大学生。他哥麦子在省城读书，暑假会回来。你要是看上哪个，我给你做媒。"

"农场男孩哪能看上我这个农村丫头？"兰萍的话挑动了我的某根神经。

"你这模样不像农村丫头，倒像个上海小姑娘。"兰萍轻轻搂了搂我的肩，她的齐肩短发扎到我的耳根子，痒酥酥的。

麦秸整日待在屋子里，偶尔出来，在屋子对面凉棚下的锅台边端点吃的进去。我成天躲在兰萍屋里，隔着竹帘偷看这个兰萍说的"未来的大学生",跟村里那些男孩到底有什么不同。每天,我对着镜子梳洗打扮一番后,故意从他门前走过,余光瞥见他也在隔着竹帘瞄我。我能感受到两束目光在我身上轻轻扫过,又迅速被他收回到书本上。我假装若无其事地瞅一眼他手里的书,封面写着三个大字:在轮下。这个奇怪的书名,让我联想到父亲毛驴车的轮子。

每个夜晚睡觉前,我都会独自在院子里站上一会儿,隔着一段距离,透过竹帘偷窥麦秸读书的侧影,观察他屋里的陈设。

他的房间跟我和兰萍住的房间一模一样,红砖铺地,摆着两张单人木床,彩色竖条棉布床单也跟我睡的床单一模一样。恍惚间,我有种跟他如居一室的错觉。有时候,担心自己一脚踩错了门槛,不小心闯进了他的房间。这样想着,我就会耳根子发热,心怦怦乱跳。

整个暑假,每天我跟麦秸过着一样的生活,好像这是我真实拥有的生活,我知道其实这是错觉。暑假很快就要结束,回家的日子近在眼前。

离开兰萍家的前一晚,农场放露天电影,我暗暗盼望着麦秸也会去,我幻想与他在露天电影的白幕前相遇,他的目光会有片刻停留在我身上。

夏末的傍晚,夕阳的余晖笼罩着一排排白杨树和白色的平房。我换上浅灰色长裤、月白色衬衫,套上纤尘不染的深蓝色的收腰外衣，在耳后、脖颈、手腕上擦了兰萍的牡丹冷香凝脂。站在穿衣镜前看了自己很久，担心过了今夜，我再也不是围裹在淡淡的牡丹花香气中，脸上笼罩着朦胧光晕的那个自己了。

在露天电影场地，我并没有遇见他。那一晚，我看完电影回来，心里萦绕着一股怅惘。走过他家门口，透过竹帘，我看见他靠在书桌前看书，灯光把他的剪影打在身后的白墙上。这个定格的镜头，比电影给我的印象更深。

在兰萍家的那段日子，我的身体香喷喷的，长发闪着光亮，衣裤一尘不染。这些给了我胆量和勇气，为我支撑起了一份自信，让我战胜自卑和羞怯，暗暗地去追逐和吸引麦秸腼腆的目光。

重新回落到泥巴地

体面的"农场小公主"很快就被打回原形，我告别了砖房、木床和干干净净的棉布床单，回到那个遍地牛粪羊粪的村子，沿途看着流着黄鼻涕的邻家男孩，举着皮鞭赶着羊群回羊圈。

我跟他们一样，鞋子上沾着院子里的鸡粪狗屎，踏进遍布污渍的房子里，坐在尘土四起的土炕上，烟熏火燎的陈年炕洞味，烂毡子、旧棉絮散发的人体味、脑油味，不洁的衣物上的汗馊味，立刻淹没我身体上从兰萍家带来的淡香。我像一粒心有不甘的沙子，被抛到原本属于我的环境，重新回落到被泥巴和污垢包围的生活当中，情绪一下子跌入了低谷。

从农场回来以后，我每次梦见麦秸捧读的那个剪影，醒来以为自己还睡在兰萍家。麦秸似乎并不在意我长得漂不漂亮，穿得好不好看。我猜测，他不正眼看我，可能是觉得我只会打扮，读书不多。我知道，只有读书考大学可以拯救我，缩短我与他之间的距离，让我平等地跟他站在一起。

穿过黄尘大罩子

上高中，我要住校了。父亲赶着毛驴车送我到县镇中，他坐在车头，我坐在车尾。驴车上还装着半袋米、一壶油，这些是用来换学校的饭菜票的。

毛驴车扬起的黄尘像一个大罩子，一路罩着我们。我啪啪地掸头发、拍打衣服，父亲偶尔转过头，用嫌弃的眼神瞥我一下。我嫌弃地看看父亲双肩上的黄尘，厚厚的一层，凝结在他肩头，像是墁着一层薄泥。新落下的灰尘，沾染在他后衣领黑乎乎的油垢上，没有及时掸掉的那些尘土，已经跟他的汗水混合成泥，完全附着在他的身体上，想掸掉它们简直是痴心妄想，父亲原本也没想掸掉它们。而我根本不给刚落下的灰尘停留在我身上的机会。

父亲跳下车，驴车一颠簸，油壶从驴车上跌下去，滚落到路中间的虚土里，油乎乎的壶身沾满了黄土。我惊了一下，仿佛从车上栽下去的是父亲。不祥的幻景让我只顾发愣，没有顾上去扶油壶。

父亲矮矮的半截身子杵在车辕上，后脖颈黑乎乎的，身上满是灰迹油渍，就像一个用旧了的快要枯竭的油壶。

父亲每次带我去农场，都会换一身干净的行头，去学校送我，却穿着油迹、汗渍斑斑的衣服，表面看是来不及换，其实他在刻意打击我的那份虚荣。

灰尘无孔不入，密布在我的生命当中。向我和父亲覆盖下来的那些灰尘，无法抹去。就像眼睛里揉进了沙子，梦里都会硌痛我，让我心有不宁。

偷来的灯光

父亲赶着驴车到了老街上，路过书店门前，我赶紧跳下车，以买字典为名，拉着父亲进了书店，挑了一摞书。店员见方圆几十里有名气的裁缝进来，把我挑的书往他眼前的柜台上一推,等着他付钱。店员帮着我讲话,说这些书如何如何重要,每个新生都要买,尤其是四册《红楼梦》和茅盾与巴金的几本小说。

父亲要面子,横下心掏钱把一堆书全部买下。书买好了,我拉着父亲进了商店,盯住一双好看的布鞋不走。卖鞋的那个胖女人认识父亲,父亲憋着不快强装笑脸。女人口舌麻利,三言两语就触到了他的痛处,父亲的钱掏得飞快,拿了鞋,头都不回就走,生怕我又要买别的东西。

出了商店门上了车,他瞪着我:"买菜票、买煤油的钱没了。"

我故意呛父亲:"买了书,我不吃菜了;买了鞋,我就不点灯了。人家的孩子都有妈妈给腌咸菜、做鞋子,我就没有。你有本事再找个妈给我,买菜买鞋的钱不就省了?"

赶着毛驴车去学校的路上,父亲一声不吭。

我抱了本书坐在车尾,他赶毛驴车的鞭子甩过来,我也不躲闪。买了书和鞋子的满足感已经麻醉了我的皮肉,被抽上几鞭子,也不觉得他下手有多重,起码没有我呛他的那几句话那么重。

父亲带来的油和面只换到了饭票,菜票要拿钱买。食堂的菜五分钱一份,我没有钱买菜票。在学校的第一个星期,我买了七个馒头,每天啃一个。到第二个星期再去买馒头,食堂里觊觎我的老单身汉,把剩的半盆芹菜施舍给我。我如获珍馐,躲进宿舍,把半盆菜全部吞进肚子里。之后连续一星期我上吐下泻,瘦得颧骨凸起、眼窝深陷,人失了形。自此闻到芹菜味就想吐,芹菜成了让我过敏的蔬菜。

父亲没有钱给我买煤油,我趁着寝室的人入睡后,在黑暗里摸索着,把每个人灯里的煤油都倒了一些在我的小油灯里。第二天晚上,寝室的女生们做出一副避开我的样子,故作神秘地窃窃私语,每个人都说自己灯里的煤油少了,每个人说完都回头看看我。

偷来的灯光没法照亮我内心的黑夜,寒夜里的这一豆光,只为我的生活蒙上了一层羞耻的阴影。

仿佛麦秸就站在书店里等我

一周以后,我才发现,原来麦秸就在隔壁理科班。在过道里猛然抬头看到他的那一刻,我简直不敢相信自己的眼睛。我看着他目不斜视地走过我身边,看着他高傲的背影走进隔壁的教室。我喜出望外。我将跟他度过两年的高中时光,这是我做梦也没有想到的。

我跟他中间只隔着一堵墙,在过道、在食堂、在操场,我时常能看到他。男生宿舍离教室很近,教室与男生宿舍之间,有一个很大的沙包,麦秸喜欢一大早去沙包上背书。我每天早上去教室,都能看到他背着手,迎着太阳,站在沙包上,清晨的太阳照在他脸上。傍晚,他喜欢坐在沙包下面,夕阳照射在他黑亮的头发上,也照在他身边的红柳和芨芨草上。

我只有怀着忧伤远远地看着他,他的目光从来没有朝向我。他的眼里可以看到这世界上的万物,唯独我在他的世界之外。

我就要考大学了,父亲变卖了家里的几只羊,赶着驴车带我去农场买衣服和书。

走完一段黄土路之后,毛驴车拐上了柏油马路,父亲哼着歌,毛驴的四蹄轻快地踢踏作响。到了场部,他把毛驴车赶到农场的树荫里,先到早点摊吃了豆浆油条,再舒舒服服地逛农场的商店,那里面每次去总能看到一些让人眼睛一亮的衣服和布料。

我一眼看上了一件红色短袖T恤,心脏的位置绣了两片枫叶,父亲很爽气地付了钱。一件紫红色的尖领尼龙收腰外衣和一条天蓝色尼龙筒裤,特别亮眼,父亲捏了捏面料说:"尼龙耐穿,新款式,穿几年也不会过时。"我又买了件翠绿色的女式西服。父亲扯了块灰绿的涤纶,说:"做条裤子配着,等你上大学,夏秋天当单衣,冬天套棉裤。"

父亲看到一双凉鞋,让我试试,竟然是半高跟的。我犹豫了一下，套在脚上，店员马上夸赞说："小姑娘穿上亭亭玉立的。"父亲不懂亭亭玉立的意思，看到我个子一下子高了，显出满意的神情说："买了吧，等你上大学穿。"

我喜欢一个刻花的粉红色的八角塑料糖果盒，父亲觉得这东西除了好看没啥用，有糖果放布袋子里也一样。想想不买也罢，家里根本没有糖果盛放。即便买了糖果，父亲也会藏在我们拿不到的地方，晚上用来哄一大炕的孩子。

一想到麦秸埋头看书的样子，我一阵冲动，想买一大堆书回去。我想知道，书里到底有什么那么打动他。

我抢在父亲前面直奔书店，仿佛麦秸就站在书店里等我。我找到了麦秸看的那两本书：《麦田里的守望者》和《在轮下》。农场书店里的书比镇里的多，也来得洋气。《四个四重奏》《紫罗兰》《喧哗与骚动》《弗兰德公路》，我一本接一本急切地翻看着，仿佛麦秸在哪一本书里夹藏了什么秘密。买了一大摞书抱到车上，我心安了很多。顶着大太阳坐在驴车上，书页封面上诺贝尔奖的标志图案随着驴车的颠簸在我眼前晃动。

等来了麦秸的一封信

马上要高考了，我在学校里埋头读书，收到了麦秸的一封信，这才意识到很久没有见到麦秸了。信里夹了一枚火红的枫叶，枫叶有一股淡淡的风油精清香。

信有长长的三页。他在信里说后悔错过了在农场的那个暑假，他被我的美丽吸引，却缺乏勇气表达，并用刻意的冷淡去掩盖内心的矛盾和挣扎。他后悔又错过了两年高中同学时光，内心渴望又形同陌路。眼见毕业要各奔东西，他不想错过最后一个暑假，最后一次机会。

信的结尾，他写道："我必须告诉你，那个暑假，你在我心里埋下的一颗美好的种子，在你走后，种子悄悄发芽了。我心里有一句话，想说给你听，却一直埋在心底。也许有那么一天，属于你，也属于我，我会对你倾诉衷肠的……"

如果不是反反复复看了几遍落款和寄信地址，我简直无法相信，这封信是那个每次高昂着头，目不斜视地从我面前走过的农场男孩写给我的。

读完信，我在校园里转了几圈，也没有看到麦秸。最后，麦秸的一个同班同学告诉我，麦秸打篮球摔坏了胳膊，已经回家养伤一个多星期了。得知这个消息，我拿了《麦田里的守望者》和《在轮下》这两本书装进包里，不顾一切地踏上了去麦秸家农场的班车。

炎热的中午，我下了车，来到了兰萍家。刚坐下来，没说几句话，我就忍不住给她看了麦秸写给我的信。

"哎呀!那你们这次正好错过了,他本来住在农场医院里,须要做手术。农场医院做不了,要转到石河子医院去做,早上救护车刚刚送走。"

"没想到他会躺在石河子医院里,我真想去看看他。你看,他的信是从农场寄出的。"我拿着信封让兰萍看邮戳和寄信的地址。

兰萍看出我的担忧,劝我说:"我让体育老师捎话给麦秸,说你来农场找过他,等他好了自然会来找你。"

听了兰萍这番话,我不宁的心绪渐渐平息下来。

屋子里只有我和她,她端了一盆热水,让我脱掉衣服。"你看你,大热天跑了这么远,衣服都让汗湿透了,给你擦擦背。"她脱掉了衬衣,戴着雪白的的确良胸罩站在我面前,帮我脱下外套,把手伸到我的前胸,迅疾地按了按我紧绷绷的小背心。这个动作让我猝不及防,看到我受惊的样子,她呵呵地笑着说:"把你的紧身马甲也脱了。"她帮我擦了胸背、腋下和腹部后,扶着我躺在床上。我光着上身有点不安,她拉上塑料帘子,俯下身子,高傲细长的脖子向我伸过来,袭击式地亲了我的面颊。她的亲吻带着安抚的意味。

她钻进帘子,跟我并排躺下,塑料帘子摇晃着淡淡的香气。

兰萍一脸神秘地告诉我,石河子师范有个叫龙海的体育老师向她求婚，她不知道该不该答应他。她从枕头下面翻出那个老师的照片，他脸尖颊瘦，颧骨突出，留着一抹文明胡，两只眼睛的距离超乎寻常的近，像在逼视着什么。我认得这张脸，他从师范毕业实习时，曾经在我们学校当过一个月的体育老师。

连同照片一起翻出来的还有一封血书，是附近村里一个追求她的男孩写给她的。她看了一眼那封血书，猛然搂住我，身体止不住地发抖，仿佛河水边的草受到水流的猛烈冲击。

听到麦秸住院的消息，还有兰萍跟我分享的她的秘密，这一切混合在一起，让我神志恍惚、头脑晕眩。我隐隐约约地感觉到，兰萍在那个中午，把我当成了谁，不知道是那个体育老师，还是写血书的男孩子。兰萍轻轻地拥着我，她似乎在满足我内心的渴念，默许我把她当作麦秸的替身。

午睡醒来，她拉着我去买水果。刚到街市，一个黝黑椭圆脸的男孩子拿了一篮子苹果追过来，站在她面前，低着头红着脸求她收下。她根本不去接篮子，右手始终插在我的臂弯里没有抽出来，左手插在裤兜里，甚至连一个谢绝的动作都懒得做。兰萍高昂着白皙瘦长的脖子，显得那么骄傲，难以被征服。

男孩子一双痴情怨怼、爱恨交加的杏眼泛着泪光，兰萍冷冷的态度让他显出一副失落、尴尬的表情。离开摊位，兰萍说，就是那个男孩子追求她，他叫铁蛋，是种苹果的，家在农村。

我很想去看看兰萍

高考结束了，我回到了大梁坡，在家等成绩单。铁蛋开着四轮车给我送来了点心。我打开纸袋，闻到一股让人迷醉的新鲜麦芽糖的味道。"点心是兰萍托我带给你的。"铁蛋垂着头板着脸，在我面前竭力隐藏自己的心情。

"我很想去看看兰萍。"我脱口而出的这句话，似乎是替铁蛋说的。那一刻，我心里涌动着想去见麦秸的冲动。

他沉吟了一下，声音很生硬："兰萍嫁给了石河子师范的老师，她全家都搬到了石河子老街。"他悲哀的神情像在宣布噩耗。想不到这个消息是由铁蛋来告诉我，我不知道该说点什么安慰他。

麦秸由于做手术养伤时间太长，错过了高考。想到麦秸可能还躺在石河子医院里，我决意去看看兰萍。

我挑了几件好看的衣服和两本书，装在一个塑料提包里带上，一大早坐大巴到石河子老街下车，已经快中午了。路过客运站旁的水果摊，我看到了跟兰萍结婚的那个体育教师龙海，他一条腿半跨在一辆崭新的自行车上。我看着他付了钱，把买好的一袋水果挂在车把手上，然后推着自行车离开了。

我跟在自行车后面，看着他拐进老街的巷子里，把自行车停在一栋小二楼前，提着水果上了楼。

我茫然地站在原地胡思乱想：兰萍结婚后，是否还保守着我们之间那些属于女孩子的小秘密？两个女孩，先结婚的那一个，会不会对过去的友谊先失忆？没有结婚的那一个，如果还在想念另一个，是不是有点自作多情？我很担心保存在她那里的记忆会丢失和变质。

我突然去兰萍家是不是有点不合时宜？新婚的兰萍现在正慵懒地躺在家里，等着这个为她买水果的男人。我的到来会不会成为一种打扰？这样的想法在过去我见兰萍时，是不会有的。

我找了一个公共澡堂洗了澡，吃了碗面，又去书店逛了一圈，犹犹豫豫地走到体育老师停着自行车的那幢小二楼，敲开了兰萍家的门。

兰萍打开门，愣了三秒钟，回头冲房间里面喊："龙海，你看谁来了！"

我有点尴尬地笑笑，忐忑地想：在水果摊子边，他会不会已经注意到站在一旁的我？他从屋子里探出脸，坦然地打招呼："来得好啊，快进来坐！我去买菜，做饭给你们吃。"

兰萍家新房的水泥地泛着灰白色,地上比她过去的那个家多了一口大水缸,用来接洗衣服的水。清亮的水滴从自来水龙头一滴滴滴在水缸里,像钟表嘀嗒作响。

晚饭后,兰萍让我去卫生间洗澡。我推说来之前在澡堂洗过了。我想起那个炎热的中午,兰萍帮我脱了衣服擦背,扶着我躺在她的床上。

兰萍拿了一条新浴巾递给我:"干吗不到家里来洗?澡堂子洗澡不卫生。"

"我第一次去澡堂,浑身不自在,在家里洗惯了。"我边回应她,边回想起在家里洗澡的场景。

在家里,冷天我会在大锅里烧了热水,倒在大铁盆里,三个孩子排了队洗,谁干净谁先洗。大的比小的干净一点,往往是我洗完的水,给马尔洗完,再给伊娜洗。一铁盆水三个人洗下来,变成了一盆泥汤。小孩子大冬天不用洗澡,脖子上、脚上裹着厚厚一层垢痂。村里每家的孩子都这样,谁也没觉得谁脏。等天暖了,大家到河坝里泡身子,钻出水来,个个就像削了皮的土豆。在镇中的集体宿舍里,等别人都去教室了,我就在门口打了井水,关在宿舍里抹抹身子。那时候,我根本没见过澡堂、卫生间是啥样。

没裤衩穿感到无地自容

兰萍丈夫洗漱完，穿着一套蓝灰条子的睡衣、睡裤坐在客厅的沙发上休息。兰萍带着我进了卧室。兰萍的婚床是白色铁艺的，床头镂出一串紫色的葡萄。想着自己要侵占婚床上他的位置，心里有种别扭的感觉。

兰萍当着我的面脱掉衣服，换了一条粉红色的睡裙。我从来没有穿过睡裙，冬天、夏天都是光着身子睡。我脱了外套，穿着红色短袖衫和白色长裤上了床，小心地跟兰萍拉开距离躺下。她让我脱了长裤："夏天穿长裤睡觉，多不舒服！"我生怕她看到我长裤里面什么都没穿，顺从地在被子的遮掩下脱了长裤。

睡到半夜，兰萍的脚从我的小腹上蹭到了我汗津津的胯下，我赶紧蜷缩起来。那只在我胯下的脚，受惊了一样收了回去。

早上起来，我生怕兰萍看到我光着腚在她婚床上睡了一夜，趁她不注意，摸索着在被子里穿上了长裤。

早饭是兰萍丈夫煮的大米粥和他买来的油条，佐餐是一碟油炸花生米和一碟豆腐乳。吃着饭，兰萍看看我，再看看丈夫，俩人的目光牵在一起，唰的同时看向我，相对一笑。本能告诉我，他俩默契的笑意跟我有关。我知道那不是恶意的嘲笑，是两人分享某个秘密后会心的笑。我突然想到兰萍半夜蹭到我胯下的那只脚，脸一下子像着火了一样。

吃完早饭，兰萍拉着我去卧室，她拿出一条浅色碎花布裤衩，让我穿上。她说，那年寒假跟她父亲去我家，看到院子的铁丝上挂着一条棉裤，棉裤里子朝外反面晒着，裆部结了明晃晃的冰，冰里面还夹带着经血。那时候，她就想买两条裤衩送给我，又怕伤了我的自尊。她说这些时，完全没有少女的羞涩，说完，大方地抱了抱我。我晕晕乎乎地听从她穿上了裤衩，她那番话一直嗡嗡震响在我的脑子里。作为秘密被掩藏的一些东西，没想到被她看穿了。已经没有什么能蒙蔽过去，好让她以为我跟她一样，经期戴着肉红色的橡皮月经带，把草纸叠成三角形，垫在月经带上，裤子的裆部干干净净，只有那样的我才配睡在她散发着香气的床上。昨夜她一脚蹭开了那层遮掩，今天她把真相分享给了她丈夫，那个曾经教过我体育的男老师。在篮球场上，他让我去捡滚出球场的球，我知道月经正在浸透我的裆部，我不敢当着全班同学弯腰，故意跟在篮球后面慢跑。等到篮球滚出众人的视野，我才把它捡回来交给他，他又惊异又生气又不好发作。

现在，龙海肯定会想象，原来那个面容姣好、衣着得体、走路像林黛玉一样迈着小碎步的女孩子，是个光腚穿长裤的野丫头，身上连一片我希望别人认为存在的遮羞布都没有。我感觉自己彻底赤裸地站在兰萍和她丈夫面前。

长那么大，我第一次为没穿裤衩感到无地自容。我从小就没有裤衩穿，在大梁坡，有没有裤衩根本不重要，我父亲没有，我母亲没有，我的弟弟妹妹更没有。我在内心抗拒着什么，尽量显得不在意这件事情的败露。我唯一能做的，就是用假装的迟钝来掩藏自己受伤的自尊。

我从羞耻中解脱出来

我看着镜子里的自己，光洁的脸庞，娇嫩的皮肤，这个身体那么完整，完整到让我产生一种想要去破坏它的冲动。我苦于这具完美的身体上没有一个伤口，能表达我内心的痛。我把自己关在兰萍家的卫生间里，拿起一把小剪刀，在右手腕上划开一个肉嘟嘟的粉红色小嘴，用剪刀尖挑起小嘴含住的一节乳黄色的条状物，比扎头发的橡皮筋宽一点，像是用自行车内胎剪成的橡皮筋那么宽，厚厚的，很有韧性。剪刀尖稍一用力，它就像舌头一样从皮肤里吐个尖出来，一放松它就羞惭地缩回皮肤里面，仿佛它跟我的皮肉是不完全贴合粘连的。是谁把这根橡皮圈一样的韧带埋在我皮肤下面？它在我的身体里面到底在干些什么，是它在控制我的手掌吗？我真想在剪刀的帮助下，把它从身体里面抽走。一股血流如红蚯蚓一样,从我割破的地方缓缓地爬出来,顺着手指尖滴落到地上。我只想肆意地虐待自己,挑起那根韧带,放开,再挑起来,看着它从血肉里蹿出来,抽搐着缩回血肉中,让我有种不可名状的快感。血洗的快感压过了我所承受的痛感,顺着我剪开的那个出口流淌出来的血液,渐渐把我从羞耻中解脱出来。

我用左手捂住伤口,一遍又一遍地问自己,去还是不去见麦秸?我不知道到底该怎么跟兰萍说。没有兰萍的陪伴,我一个人厚着脸皮去找他,会不会又是一件令人羞耻的事情?

我不知道我的脑子里到底发生了什么,时时刻刻装着一个连话都没有说过的农场男孩。这个跟我的生活毫不相干的麦秸,钻进我脑子里以后,剜也剜不掉了,就像埋在我伤口下的那根韧带,控制着我的行为,像一个幽灵一样逼迫我、怂恿我,到他家去找他。他跟我有那么多不同,我甚至从未近距离看过他。那个暑假,我站在兰萍家的院子里,远远地看他走过,他的背影那么轻飘。晚上,隔着竹帘看灯光把他读书的剪影打在墙上,像看一个纸人,没有血肉,没有呼吸。我知道,他只是一帧幻影。哪怕只为了再收集一次幻影,我也要去找他。

终于我鼓足勇气,提出让兰萍带我去医院见麦秸。

"医院?"兰萍看看我的眼睛,终于发现我来石河子不是为了来看望她，而是来看看麦秸，她补充了一句，"你们又错过了，麦秸已经出院了，回农场的家里了。"兰萍很认真地点点头："你们应该见个面。"我不懂她这句话的含义，也看不清她眼睛里是担忧还是祝福。我不知道她从我眼睛里看到的，是理智还是疯狂。

大中午，兰萍送我搭上一辆拉煤的大卡车，她拿了一大沓报纸让我当坐垫。我端坐在一卡车乌黑的煤炭上，红色短袖衫左胸口金线绣的两片枫叶闪着炫目的光，乳白色的紧身喇叭裤被煤炭衬得格外耀眼。

长到十七岁，我第一次一个人搭便车，看到自己的影子映在卡车驾驶室后窗的玻璃上，绯衣白裤，长发飞扬，像一幅画。我想起了麦秸打在墙上的剪影，我感觉我在渐渐向他靠近。一路上，我不断幻想着与麦秸见面的场景，在心里一遍遍默念着："麦秸，我要去见你，把自己幻化成一片赤红的枫叶，交给你珍藏。"满怀的热望和烂漫的诗意，让我完全忽略了漫长路途上的寂寥。

卡车驶出城市后，远远看到一大片坟地，坟头上旋风扬起来的黄尘，狠狠地扑打过来，好像在责怨我身上的红衫太招摇。卡车快速地从坟地边驰过，我紧紧捂住左胸前的那枚枫叶，怕它被震飞了。随后，卡车驰过一大片开阔地。地上看不出有路，可能这里经常发大水，每场大水过后，路上的车辙被水淹过就没了，重新变回戈壁滩，就像是从来没有人走过。过了这段戈壁，卡车开上了一座大桥。过了桥后，司机在一排平房墙根的荫凉里停了车。卡车司机掏出一条看不出颜色的毛巾，抹了把眉毛和胡茬里的煤灰，招呼我下车在大桥饭馆吃饭。我跟着司机进了饭馆，里面都是男人，个个眼睛盯着我不放，我只好坐回煤车上等司机。

吃完饭，司机吩咐我坐好，卡车开足马力行驶了小半天，远远地，我看见了通向农场的那条林荫大道。

鲜红的血液染在我手上

我见麦秸之前，对他的认识来自隔着竹帘的偷窥。麦秸是我眼里的光打在墙上映射出的一帧剪影，是我用想象塑造的一个男孩。我去麦秸家找他的时候，麦秸恰巧出远门了。阴差阳错，我遇到了麦子。接连好几天，命运安排我们以各种理由单独相处。

那天傍晚时分，我在离农场不远的岔路口下了卡车。步行到了农场，走过那口水井，走到那排熟悉的平房门口，我屏住呼吸，掀开那个暑假一次次张望窥视过的竹门帘，敲开了麦秸家的门。一个浓眉深目的男子，用柔和的目光略带惊奇地打量我。

他看着我，眉目间淡淡的忧郁，让我一下子慌了神，心跳莫名地加速，胸口的枫叶随着呼吸起起伏伏，像要飞出去。我说了两个字："麦秸……"就愣在那里。

"麦秸恰好出远门了，我是他哥麦子。"他好像明白了我的来意。

我和麦秸走岔了，却遇到了麦子。

麦子从木床底下抱出一个西瓜，放在一个盆里冲洗了一下，又拿出一个菜板放到八仙桌上，说："来吧，吃一牙西瓜，休息一下。"他的头发比麦秸柔软，也比麦秸长，说话声音很轻，动作有点像女孩子。

我的心情放松下来，在八仙桌旁的一把木椅上坐下，乖乖地看着他切西瓜。他手里的刀一晃，瓜切成两半，他轻轻地"啊"了一声，迅速用右手攥住了左手的食指。

鲜红的血液随着西瓜汁一起顺着他的手指流淌到桌子上。我站起来，下意识地去握他的左手，鲜红的血液染在我的手上。

我连忙从包里翻出手绢，为他包扎受伤的手指。

他一副被突如其来的体贴打动的样子，默默地看着我的每个动作，目光落到我手腕上的割痕。他伸出右手轻轻触摸我的手腕，询问的目光盯着我的眼睛。他的额头很饱满，眼窝深陷，眸子黑亮，目光纯净。

我低下头。他看着我手腕上尚未愈合的伤口，默然红了眼圈，清幽的眸子变得潮湿，闪着星星点点的泪光。

周围的一切都静下来，我的心也静下来。我和他都不说话，屋子里静得出奇。

我看见窗台上养了一盆花，我把他的视线引开，故意问他："这盆紫罗兰是你养的吗？"

"我不在宿舍怕它干了，就带回来了。"

"什么时候能开花？"

"总会开花的，我会等它开花。"

天色已晚，他说要送我到附近一个女邻居家住宿。路走了一半，就开始打雷下雨，他拉着我的手跑到路边的一棵大榆树下躲雨。

那天晚上，他嘱咐我先去女邻居家洗漱一下，再偷偷跑出来，跟他在大榆树下见面。我到女邻居家洗了被雨淋湿的衣服，洗漱完早早睡了。

看着你越漂越远

第二天早上，他来女邻居家接我，要送我回家。我解释说："昨晚洗了衣服，没法出门，今天还没干透就穿上了。"

他目光幽幽地看着我，我爽爽地笑了，阳光在我们背后绚烂起来。

麦子送我回去的半途中,河滩上大水漫延,他蹲下身子要背我,我卷起裤管欢快地撒开腿蹚过浅滩。那天的水,漫过我的双膝。

他说:"你多像一朵漂在水上的荷花,我怕自己追不上你,只能站在岸边,看着你越漂越远。"

我笑了,说:"你的话像诗一样。"

"你也看诗?"

"我喜欢诗,艾略特、勃朗宁夫人,还有歌德……"

一路上,他给我读他昨夜为我写的诗。他把我的睫毛比作井边的小栅栏,我一闭上眼睛,就把他关在了外面。他爱上了我的睫毛,我爱上了他的比喻。

他说,他的诗歌意象来自昨天傍晚,送我去女邻居家住宿时避雨的屋檐下的雨滴。他靠我那么近,近到呼吸声交织在一起,近得他看得清我的睫毛。

我们之间隔着那片枫叶

炎热的正午,麦子送我回家。路过农场场部,他担心我走路走累了,带我到他的宿舍里午休一下,等下午凉快一点再走。

宿舍里没有人,有两张单人木床。我脱了乳白色外套,洗了脸，很想脱了石榴红的短袖 T 恤，洗一洗腋窝里的汗水，还想擦擦背。这只是一些想法，我不可能当着麦子的面这么做。有那么一刻，我想到了帮我洗浴、擦背的兰萍，想到了我此行未见的麦秸。我只有穿着白色长裤和石榴红短袖 T 恤，默然地躺在靠墙的那张床上。

麦子轻轻地挨着我侧身躺下，看看我的石榴红 T 恤左胸口用金线绣着的那片枫叶。我们之间隔着那片枫叶，他一直用手反复抠弄那些金线，认真地看它是怎么被绣上去的，会不会脱落，又好像在研究怎么把它摘下来。

他眼睛看着我，说："这些金线绣得这么结实，像个枫叶形的胸针，别在你胸前可以当护身符了。"

我一动不动，侧身躺在麦子的臂弯里睡着了。

我是被掠过唇尖的一丝温软柔滑的东西给触醒的。我不太确定发生了什么，也不知道是不是在做梦，唇珠上尚残留着隐隐约约的触感。

我眯缝着睡眼，看到他的脸和唇向我贴过来。我的目光被他牢牢吸住，我的睫毛在他的脸颊上抖动……

我的目光被他的目光牵动，仿佛掉进了一个深渊，目光和目光绞缠在一起。直觉告诉我，这个男人一辈子都会用这样的眼神勾住我。我的预感没有错，后来，他的眼神对我再也没有改变过。

有点热，我用手摸了一把鼻尖和上唇的汗珠，安心地合上了眼睛睡去。

后来回忆这一刻，我觉得不可思议。第一次跟一个男人挤在一张床上，我睡得那么香甜，没有戒备，没有恐惧，更没有冲动。

那时候，他是哥哥，我是他没有长大的妹妹。

如果一些东西在那时戛然而止，我们三个人之间也许会像没发生什么事情一样，一切照常，我成为麦秸的女友，而麦子是我们的哥哥。

我偷偷爬上屋顶

麦子来我家找我，衬衫雪白，卡其色的裤子一尘不染，推一辆崭新的自行车，停到我家门前。父亲在窗户里看到麦子，低声说："我一看就知道，这是个农场的人。"

父亲很客气地把麦子迎进家门，吩咐我去给客人烧一壶奶茶。

麦子与父亲对坐在炕桌前，父亲让我端茶倒水，他在观察我看麦子的表情。穿着这样白衬衫的客人，能来到我家的炕头，从父亲灰绿色的眼仁里，我看到了一丝骄傲。

我躲在外屋，从门缝里看着斯斯文文、打扮新崭崭的麦子，隆重得像个新郎。他坐在屋里很突兀，这个破旧的屋子衬不起这样一个人。

我不知道，父亲跟麦子隔着炕桌说了些什么，麦子起身告辞，父亲把他送到院子里。他推着车子要走了，回头有点乞求地看着我，示意我去送他。

我一只脚跨出门槛后停住了，不敢往前再迈出一步。我担心父亲会勃然大怒，斥责我汉语还没学好，就想跟农场小伙谈恋爱。

我灵机一动，跑进里屋，写了张纸条："对不起，麦子，我没有勇气。"递给站在院子里看热闹的妹妹："你快去追那个穿白衬衫的男的，把这张纸条交给他，我把老爹引开。"

麦子推着自行车过了门前的河坝，妹妹光着脚丫跑出了院子。

……

我偷偷爬上屋顶，心神不宁地眺望水库大坝。

在那个水库大坝上，麦子从早上一直坐到傍晚。我知道，无论他等多久，我都不能去。

父亲的眼睛在暗中盯着我，仿佛他一不留神，就会有人盗走他的女儿。

那时候，我还不知道，我用一张纸条打发走的这个人，后来占据了我的记忆几十年。

九月的雨把天幕敲黑

都进入九月了,我的大学录取通知书迟迟未到,却终于等来了麦秸。

麦子走后不久,麦秸就来找我了。父亲外出干活还没回家。我在父亲接待麦子的炕桌上,学着父亲接待麦子的样子,给麦秸端茶倒水。

天色阴沉下来,傍晚开始下起了小雨。父亲回来看到麦秸坐在炕沿上,表情有些愠怒,麦秸赶紧下了炕。

父亲说:"从哪里过来?天下雨了,晚上就住下来吧。"

麦秸尴尬地回应:"我从农场过来,是伊丽的同学,来看看她。"

父亲说:"没事,伊丽在家等大学通知书,你考上大学了吧?"

"今年没有赶上考试,准备明年再考。"麦秸说着,低下了头。

"你坐,你来了正好。我去羊群里拉一只羊,宰了给你们煮羊肉吃。"父亲看了我一眼,说,"你先做碗面给客人。"

麦秸有点不知所措,连声说:"谢谢伯父,不要麻烦才好。"声音和表情紧张而不自然。

父亲说完走了。我愣在原地,不明白父亲到底是啥意思。他留麦秸住下来，要宰羊款待麦秸，语气淡漠，做法又超乎寻常的隆重。我总觉得哪里不对，却又说不出来。

为了打破尴尬，我对麦秸说起跟父亲去书店，专门买了他看的那两本书《麦田里的守望者》和《在轮下》，麦秸惊奇得睁大了眼睛。

麦秸在父亲的缝纫机前坐下，局促不安地从口袋里掏出两张明信片，把其中一张反过面来给我看。明信片正面是一片火红的枫叶，背面写着："我有一片赤红的枫叶，一直为你珍藏。"

"这一张留着，临走的时候你写一句话给我。"他拿着另一张明信片，放在缝纫机上。

他的书生味和稚气让我哑然失笑，我故意逗他："你跟我见面，就为了一片枫叶和一句话。"

"我知道你喜欢枫叶，那个暑假在兰萍家，就记住了你半袖红衫上绣的两片枫叶。"

我默不作声。在我心里，那件短袖红衫上金线绣的枫叶，已经为另一个人珍藏。在那个炎热的正午，在宿舍的单人床上，那个人用手抚弄过它。

麦秸坐在缝纫机一侧的木板凳上，久久地望着窗外，纹丝不动，似乎跟我在一起只为了听雨。我搬了一条木凳，陪他端坐在窗前听着滴滴答答的雨声，任九月的雨把天幕敲黑。

我不安地向他索吻

房间里没有燃灯，借着窗外的最后一点暮色，我把脸凑过去吻了麦秸。我看到麦秸睁大两眼，张开嘴巴。我突如其来的动作让他吃惊到忘了呼吸。

我闭上眼睛，把脸送到他唇边说："亲我。"

他的唇小心翼翼地在我左颊上浅浅地一啄。

"不够。"我不安地向他索吻。我渴望他用深切有力的吻，把麦子留在我唇尖的记忆覆盖掉。

"还不够。"我努起唇迎接他的双唇，他湿润的嘴唇贴了贴我的嘴唇。

吻是麦子教给我的，我把它用在了麦秸身上。我发现麦秸的吻，是另一种感觉。我有点怀念麦子的吻，半睡半醒之间，让我魂定神安。

有那么一瞬间，我感觉麦子的吻，把我跟麦秸微妙地隔开了。

不知不觉中，我追求的吻，要与最初的记忆吻合，甚至气息都要与麦子高度近似。那时候，我并不知道，麦子的吻已经深深地刻进了我的记忆，以致我跟麦秸连一个吻都难以完成。

灶里猛扑出来的火焰，在这一刻豁然照亮了我。

灶火映在麦秸的双唇上，亮光闪闪。

我回到灶火前,灶火映在父亲灰绿的眼睛里,怒火中烧。

黑暗里的秘密被照亮了,火光点燃的愤怒从父亲眼里射过来。父亲的巴掌劈面而来,令我羞恼而慌乱。

麦秸慌忙地从缝纫机前站起来,呆立在原地,看着父亲怒气冲冲地离开。秋雨淅淅沥沥,敲打着玻璃窗,像是涕泪俱下的哭诉。那悲伤的声音不同于我这一生听过的所有的雨声,它穿透了无数岁月,一直清晰地保留在我的记忆里。

麦秸拿起那张他放下的明信片,在背面的空白处写下:"那一片枫叶长在我心里,永不会褪色。"

麦秸走了。

麦子和麦秸,我一直不知道自己更喜欢谁,也不知道他们俩谁更爱我,我不知道该如何选择。

麦秸走了没多久,我就收到了迟来的大专院校的录取通知书,上面写着"大专,学制两年"。我收拾行装,匆忙踏上去西安求学的列车。麦秸送我的那两张枫叶的明信片,我夹在书页里带着,不忍心在我走了之后,让它们躺在抽屉里蒙上灰尘。

仿佛久别重逢的亲人

我到了西安上大学，麦秸的信纷至沓来。他一直在表达他的孤独，字句间充满了悲凉，让我陷入了难以自拔的消沉。周围的一切都是陌生的，城市的新鲜感并没有让我心情振奋，反而让我感觉自己形单影只，激起了我对麦秸的牵念。

入冬还没下雪，松柏苍绿，让我觉得季节有点倒错。我随信寄了几片金黄的梧桐树叶给麦秸，让他寄几片白杨树的叶子给我。

我说，我感到孤独，恨不能插翅飞到他身边。

麦秸寄来了几片白杨树叶和长达十页的信，他在信的末尾告诉我，他父母要回上海老家过年，约我寒假顺路先在他家落脚。他说，让我放心，他会努力复读考上大学。

我做好了一放寒假，就奔回去见麦秸的准备。苦苦的盼望让日子有种被无限拉长的感觉。

学期一结束，我迫不及待地乘上西去的列车，到了乌鲁木齐，换了班车。下午，车在农场的路边刚停下来，就看见麦子穿着军绿色的大衣，推了一辆自行车向我走过来，热切地看着我，仿佛久别重逢的亲人。

接我的不是麦秸，我有点意外。信中，我是跟麦秸约好了来他家，并没有跟麦子说。麦子似乎觉察到我的反应，从车把上腾出一只手，把我拉到身边，轻轻往怀里拥了拥。

"没想到，我回来先见到的是你。"见到麦子后，那种久别重逢的雀跃心情让我自己吃了一惊。这一个学期，我只跟麦秸书信来往，麦子音信全无。见到他，我一句话也没有说，看着他深情的目光，所有的记忆都涌上来，原来他一直藏在我心里。原来，我回来最想见的人是他，这种感觉让我一时不知所措。

他用手套拍了拍车后座，示意我说："你坐上去，一会儿就到家了。"

坐在麦子的自行车后座上，想到马上要见到的麦秸，我心里有些内疚。

到了院门口，麦子按响自行车铃声，我惊了一下，麦秸从屋子里迎出来。

看见我，他搓了搓发红的双手，掀开门帘说："我去买了点东西，准备饭菜，没能去接你。"

麦秸掀开门帘，我随他走进屋里，夏季的竹帘已经换作军绿色的棉门帘，厚厚的，密不透风。

三个人一起吃着晚饭，窗外的雪纷纷扬扬地下起来，麦秸说："明天又要扫雪了。"

"看到雪，感觉真的回家了。"我想起家里冬天的院子。

麦子提议："明天做点饺子吃。吃完饺子，我要回去值班，带一点冻饺子在宿舍里煮。"

沉默让我有些不安

第二天早饭后,麦子带我去菜窖里吊白菜。

"等白菜吊上来,我的脸都要冻成白菜帮子了。"我嘟囔着。

麦子把我拉到菜窖口,说:"你把头伸进菜窖里暖暖。"

菜窖口冒着热气,我把脸伸进菜窖口。

麦子把一截带铁钩子的木棍伸到菜窖里:"小心栽进去了,捞完白菜,还得捞你。"

"要是你掉进去了,我可不捞你。"

"那我掉下菜窖前要带根绳子。"

"小心我把你的绳子割断了。"

"有一首歌里就是这样唱的。"他唱起来:

> 姑娘你好像一朵花
> 美丽眼睛人人夸
> 你把我引到了井底下
> 割断了绳索就走开啦
> 你呀　你呀

麦秸走出来扫雪,听到麦子对着我唱歌,提起扫帚走过来问:"到底谁在井底,谁割断了绳子?这个歌唱得多俏皮，这是为谁叹息呢？"

麦秸似有深意地看看我，我和麦子都没有说话。

麦子擀饺子皮，麦秸和我安安静静地围着案板一起包饺子，三个人配合很默契，只是谁都没说话。沉默让我有些不安。我时不时地看看麦子，他在竭力避免与我对视，我有点失落。我干脆走到麦子身边，拿他擀好的饺子皮时，故意向他的臂膀贴过去。他握着擀面杖后退了一步，避开我，用责怪的目光看看我，又偷偷瞟了瞟麦秸，显出一副愧疚而为难的表情。

麦秸包完了饺子，蹲在炉灶前烧火。我想起麦秸住在我家的那晚，在灶火前，父亲的巴掌在我脸上响亮地爆开。我心想，父亲若知道我住在麦子家，我逃不了他的巴掌。

吃完了饺子，麦子要回去上班，我让他顺路把我送回去。麦秸说送送我们，我把冻好的饺子装在一个袋子里带着，我们仨一起走出农场。麦秸在雪地里的一堵残墙垛边停下来，我告诉麦秸我回学校的确切时间，约好了到时候在车站见面。麦子推着自行车，我跟他并排往前走了一段路后，回过头看看麦秸，他站在原地看着我们。

麦子骑上自行车，我坐了上去，自行车在雪路上七歪八扭。我从脖子上抽下围巾，用力地向麦秸挥舞。也许这个送别的场面，让麦秸有些别扭。看着我手里挥动的围巾，他显出有些不知所措的样子，他立刻模仿我挥动手臂。

车站里弥漫着离别的悲伤

我在家里过完了寒假，要回西安读书的那天，麦秸和麦子一起来车站送我。麦秸去窗口买票，我围着厚厚的围巾，站在麦子面前。寒冷的清晨，周围弥漫的雾气为我和麦子拉起了一道帐幔，麦秸被隔在这层天然的帐幔以外。麦子的双手捧住我的脸，他背对着售票窗揽我入怀，用肩背遮住了那个落在我唇上、像雪花一样仓促而冰凉的吻。我感受到他连呼吸都在战栗，车站里弥漫着离别的悲伤。

麦秸买了两张票，要跟我一起坐车送我上火车。麦子站在车站，看着我们乘坐的大巴离开。

我望着车窗外的麦子，他的头发、睫毛和胡茬都被雪霜染白了，仿佛一下子老了。我止不住地流泪，麦秸递过来的手绢，被我的眼泪打湿了。麦秸拉着我的手，惊慌无措地看着我。

我和麦秸乘坐的大巴，在途中遇到暴风雪，道路堵塞。车被阻挡，不能进也不能出。一车乘客都要被运往道班房，等雪停了，路开了，再往前行。我和麦秸冻得抖抖索索地从大巴上下来，北风从袖口、领口和裤管里抽走身体积攒的热量，雪花灌进衣服，将浑身的筋都抽紧了，身体将所有能缩的都缩起来，僵硬地跟寒风对抗着。

暴风雪之夜，我与麦秸一起被困在道班房过夜。

一群人挤在道班房里，彻夜不眠。生死难卜之际，我们相依相偎，麦秸悄悄伸来的冰冷的手，从皮袄下面握住了我的一根手指，然后是两根、三根……当我心里数到五的时候，我的手被包裹在他温热的掌心。那天晚上，我们挤在那张窄窄的、寒冷的单人床上，他向我许诺："等我考上大学，混出头了，非你不娶。"

　　第二天的清早，风住雪霁，一轮朗日在雪原上高照。我到雪地里换上了红毛衣、雪花呢藏蓝色长裙，用雪洗了脸，回到道班房前，对着窗户当镜子，在冻得通红的脸上打了粉底，擦了粉，描了眉，眼皮上涂了孔雀蓝的眼影，抹了橘色的口红。我们坐在大巴上，往火车站的那一路，麦秸的目光一直都停留在我的脸上。

　　大巴把我送进了夜晚的火车站，站台上昏黄的灯光在麦秸背后照耀了三分钟，然后把他的影子拉入黑暗中。

爱的河流潮涨潮落

　　离别后，麦秸一封接一封地给我写信，阐述爱的排他性，强调爱情的要义是责任，这些文字足可以与一篇篇爱情论文媲美。不知道为什么，那些情书却丝毫不能给我带来快乐。它们像枷锁一样套在我的身体上，让我背负起沉重的十字架，我与他离别后的大学生活，成了十字架下的生活。我回给他的信只有一句话，几个字，一个句号。我对麦秸的感情在不知不觉中开始降温。

我才隐隐地觉得，当初我可能把麦秸的忏悔信错当成了情书。我甚至不知道该对麦秸说些什么，十七岁的我怎么可能说得明白呢？

在大学校园，随着春天的到来，我的心被麦子一封接一封火热的情书和情诗占有。面对麦子的书信，我很挣扎，怀疑自己会不会错失不该错失的那个人。

到了学期快要结束时，我给麦秸写信，语无伦次的，不知道说什么好。麦秸抱怨："你的信越来越少，一张纸上，只写几行字，一个词，一个句号，像发电报一样。"

我让麦秸不要多想，专心复读，来年考大学。

我感到内疚，却无力改变心理上发生的变化。我越来越多地回忆跟麦子在一起时的场景，他深情的目光在我梦里不断闪现，对他的想念占据了我的心。

麦子在信中倾诉相思，最动人的情话是："我最爱你棕色的眼睛，幻想将来我们有一个女儿，眼睛像你。"

我写了一篇长文寄给麦子，表达我跟他分别以后的心情：

涨潮了。礁石时时承受着高涨的激情带给她的冲击，无法承受时，推出一朵朵浪花，撞击那座让她激情澎湃的岸，所有浪花的生命都来自与岸和礁石的撞击。在动荡不休的浪花这里，岸永远是静止的，没有互动，或者只是那风草树影，让她想象岸上的风景。浪花在岸上只留过一瞬，那一瞬便成了浪花的永生。她不断地拍打撞击，她的生便是死，她的死又是新的生。

在这场生死恋中，面对浪花的多姿多情，岸始终一语不发，沉稳的身躯屹立不动：不变才是持久与永恒。

也许，人不同于浪花与岸。上帝在这段特殊的日子里，往我身体里加多了一些元素，让我昼夜不息地动荡不止。这一些上帝添加的元素，我只有默然承受，唯有时间能平复激荡的潮水，随着这潮涨潮落起伏跌宕。谁也无力违逆，反抗只会让人陷入深渊，粉身碎骨。

看着自己溺水，却不能去救，我是演员，又是观众。台下台上是同一个生命，我看着她沉溺在激情中，无力自拔，却无法去抚慰她。能够抚慰她的那个人，如今远在天涯。

有人说爱情是一种病，在你刚好遇到对的人时，会有抵挡不住的快乐涌上来，让你处于快乐的巅峰，渴望和幻想交织在一起，愉悦你的身心，渴望见面，渴望拥抱，渴望亲吻。当这一切真的到来，人却变得懵懂，处于一种似醉非醉的状态。这个时候，人体的分泌恐怕是最复杂的，再理性的人也无法厘清自己身上到底发生了什么。其实身体的亲近和情感的交付，是在不知不觉的状态中完成的，十分的冒险，接下来你不知道会发生什么。也不知道接下来发生在你身心上的东西，你是否能够承受下来。看着这一切发生，你毫无抵挡之力。你变得温柔，不去抗拒。再倔强再刚强的人在这种状态下，都是无力去抗拒的，身心变成了一块海绵，只想着浸泡接受，只想着酣畅淋漓。

然而这一切总要离开，而且离开得太快，简直是拦腰斩断的。一切都被中断，出现了停顿，身心开始极大地不适应。

就像从一个口袋里倾泻出了过多的东西，对方的容器无法容纳，或者对方的容器被快速收回。这些已经被倾倒出来的东西无处可去，必须再装回来。花了那些时间和精力倾倒出去的东西，现在需要用几乎等量的时间去收回来。不是完全收回来，而是把对方容纳不下的剩余部分收回来，短时间内收不回来就堆积在一旁，这种堆积变成了一种障碍。

接下来的时间是等待和发呆。不是等待对方，知道对方明明回不来，无法复位，而是一种隐隐的期待抚慰的感觉。这种抚慰得不到满足,从情感的最高峰值跌落到最低谷，一时无法适应，产生了与过度兴奋对应的情感抑郁。这个时候须要做自己的医生去疏导自己。实际上，疏导在这里是一种很自以为是的说法，最好的疗愈是等待时间去平复。大片的时间用来发呆，实际上就是在平复自己。需要阳光。

平时习惯了黑暗的人，也需要阳光来抚慰，阳光的炽烈和温暖跟爱情很类似。光亮使人变得很慵懒，而慵懒正好是病人的一种状态，很像住院的感觉，很需要一张床，来安放自己的疲惫。喜欢以一个等待的姿势躺着或坐着，看起来是想迎取什么，实际上是刚刚送别。这种矛盾让人变得百般无奈、举步维艰，时间变得凝重无比，情感高峰期所有的灵活此刻都变得僵硬。只有重新振作和复活的渴望，像一粒小火苗或者一颗种子，被包裹在层层的时间阻碍当中，艰难地存活下来。等待，只有等待，等待再次被抚慰的感觉，压倒了一切。时间缓缓而过，爱的河流潮涨潮落。

麦子写了一首诗寄给我

> 我要来西安看你
> 枕着七月的褐色长发
> 一起品尝八月的红苹果
> 让九月的潮水泛滥决堤
> ……

麦子真的要来见我，我有点胆怯了。我怕我跟麦子的关系暴露了，会影响到麦秸，我赶紧回信给麦子：

"麦子，对不起，我只有筑起少女的防洪堤，把你冲动的潮水阻拦在千里之外。你若来西安见我,我们以后怎么面对麦秸?他马上要高考了,我不能那么自私,在关键时刻让麦秸分心。等他考完大学,暑假就到了,我会回来看你。"

"也许没有结局的结局是最好的结局。梦里不知身是客,一晌贪欢。"我等麦子的信等了好久,只等到麦子用毛笔写的一句话和一句诗。

我好像在云层上飘浮

暑假回去,我下了班车,麦秸在车站接我,他没有带我回家,而是将我接到了农场大院麦子的宿舍。宿舍里没有人,那两张单人木床还是我熟悉的样子。床单上的横条纹让我想起两年前,我第一次去兰萍家透过竹帘看到的麦秸家的床单。

我问他:"你哥呢?"

麦秸说:"家里父母都在忙收割,这几个月复习,我吃住都在我哥宿舍。现在考完试了,听说你回来,我哥让我把宿舍让出来给你。等你休息好了,我们去他未来的岳母家吃午饭,他在那里等我们。"

"未来的岳母家?"我心里一惊。

"就是我哥的未婚妻家,你还不知道啊?"轮到麦秸吃惊了。

在星子家第一次看到星子,她有着白嫩饱满的脸蛋,星星一样闪烁的眸子,两把黑色小扇子一样的长睫毛。在她家的玻璃相框里,我看到了星子的母亲,她穿着旗袍,剪着刘海,旧上海月份牌上女人的打扮。

饭桌上,麦子夸星子做菜的手艺好。看他吃完了一碗米饭,星子亮开嗓门叫着他的全名,让他再去盛,那语气完全是妻子的口吻。麦子似乎能感觉到我的目光扫向他,他尴尬地端着碗,耸着肩膀歪着脖子,半边身子向米饭锅斜过去,像是怀里揣了什么东西,一旦端不住架势,那藏着的东西就会撒落一地。我在背后看到他盛饭的手在抖动。

夜里,我好像在云层上飘浮,身心轻盈地飞翔。一个男孩的手牵带着我飞翔,他从我身体里拉出美妙的音调。那种音调跟我的心共鸣着,我想让这感觉继续下去,干脆轻轻闭上眼睛,轻声对自己说:"这是麦子的手。"这种幻觉让我晕眩,身体开始战栗。

"你怎么对我没有感觉,像个雕塑一样?"他搂住我的肩,哭了。

我紧咬住嘴唇,看着他。

他站在我面前,久久地凝视着我,目光从我隆起的胸部扫过,从裸露的锁骨和双肩扫过,落在我的颈项上。他用手指轻轻触碰着我白色弹力背心隆起的部分，眼里像两炷蜡化了一样，泪水不住地淌下来。

委屈化作眼泪倾泻出来

第二天早上，我睡醒后在宿舍洗了衣裙，把它们晾在院子里拉着的一根铁丝上。

麦子和麦秸从食堂端了饭回来，麦子的表情有点为难："外面的铁丝上像挂了彩旗，在宣告你来大院了。"

"没事，人家以为嫂子昨晚住在这里了。"麦秸为我开脱。

听到"嫂子"这个词，我心里又惊了一下，麦秸已经确认星子为"嫂子"了。我有些紧张地看看麦秸，他的话好像在帮着辨认我是谁，我不是人家以为的那个"嫂子"，我是她的女友。

我不知道他俩一大早会一起来宿舍。我突然意识到在他俩面前，我的打扮有些尴尬，外衣裤都洗了，穿着内衣、内裤，光着腿裹着床单，坐在宿舍的床头。麦秸夸张地睁圆了眼睛，看着床单下面我露出的双腿，故意逗我说："哇，我看到了天底下最美的大腿。"他夸张的语言跟纯净的目光形成一种反差，滑稽的样子让我哑然失笑。

吃了饭，三个人聊了一会儿朦胧诗。我想看看麦子最近写的诗，便拿起床头的一个软皮笔记本。打开之前，我用征询的目光看看麦子。

麦子看着我，没有阻止，目光里有几分担忧。我打开笔记本，看到他写给星子的一首诗，其中有一句："星子，快到我身边来吧，让你累累的乳房垂挂下来。"这种粗陋的句子并没有激起我的醋意，只激发了我进一步探索的好奇心。

笔记本里有一些诗，是麦子抄了寄给过我的。那些诗不像给星子的诗，没有甜腻腻、赤裸裸的表达，深情委婉，含蓄悲凉，每一句都深入我的骨髓。那一刻，我看着坐在我面前的麦子，觉得这个写诗的男人多少有点分裂。我一边看一边在心里疑惑，他怎么能做到，把情诗写给自己的未婚妻的同时，也写给他的心上人。

麦秸从书架上抽出一本书，说："你看看我买的这本书，费雯·丽像不像你？生日也跟你同一天。"

那是一本费雯·丽的传记，里面有许多她的剧照和生活照。书的扉页写着购书的日期 7 月 23 日，是麦秸的字迹。

麦子在信里赞叹过我的眼睛像费雯·丽，这与赞美未婚妻"累累的乳房"并行不悖。我突然觉得很难过，一句话也说不出来，呆呆地看着费雯·丽的眼睛，她眼里的忧郁传染给了我。

我默默地穿好了衣服，把晾着的衣服收进包里。

"你要去哪里？衣服还没有干透。"麦秸觉察出了我的情绪异常，过来拦我。

"天不早了，我该回家了。"我执拗地推开麦秸，冲出门去。

麦秸紧跟着："你一定要走的话，那让我去送你吧。"

我走出了院子。

"哥，你上班，我去送她上车。"麦秸回头对着院子里喊了一句。

"你不会骑摩托车，我送她。上车吧！"麦子不动声色地推着摩托车过来，我默默地坐到了他的车后座上。我真希望他能带我逃离现实。耳边的风声呼呼地掠过，像是在哭号。车开出了农场，到了马路上，我搂住他的后腰，把脸贴在他背上，委屈化作眼泪倾泻出来，沾染在他的衣服上。

一个人留在了河坝对岸

摩托车拐进了农场的沙枣林后停下来，麦子拉着我躲进沙枣树的阴凉里，摘了一把沙枣花给我，他脸上满是汗水。

我们坐在沙枣树下，沙枣花的香味在四周飘散。他探过身来，捕捉我的嘴唇。我的嘴唇在抗拒，拒绝说话，拒绝亲吻。

我们默默地对坐着。我在他眼前用沙土堆起一个个小坟堆，在上面插上沙枣花。我须要掩埋一些什么，记忆能够埋葬吗？不到二十岁，我就要埋葬我的爱情了。

他两眼落寞地看着我玩这个游戏。等我再抬起头来看他时，一种奇怪的感觉袭来，仿佛我们之间的一切都发生在前世。

我站起来，跟他说："不要再送了，剩下这段路我一个人走吧。"

他拉着我坐回摩托车后座上，默默地把车开到了河坝边上。

河坝对面就是我家的房屋，他神情疲惫忧郁地说："第一次来你家，我就想好了要跟你父亲提亲。你父亲猜到了我的来意，说你还小，还要去读书，三句两句就把我的嘴堵死了。这都是借口，他嫌我跟你不是一个族。"

听他这么说，吹到身上的风忽然有了一股凉意。三年前，他穿着斯文的白衬衫，大大方方地走进我家，坐在炕沿上跟我父亲喝茶。现在，他满脸疲惫、表情绝望地站在我面前，有一股说不出的颓废气息。

"你回去吧。父亲如果看到你送我回来，会把我赶出家门的。"我的心里隐隐作痛，接下来无论发生什么，我都要自己面对了。我头也不回地跑过河坝,把麦子一个人留在了河坝对岸。

太阳西斜时,有人来家里捎话给我,说:"一个戴着蛤蟆镜、穿喇叭裤、留着长头发的青年,上水库大坝时,摩托车坏了,需要一个扳手,让你送过去。"

我知道是麦子想让我过去,我躲不过父亲的眼睛。

我想起那首歌:"你把我引到了井底下,割断了绳索就走开啦……"即便是他在井底,我也不能去,我不想让父亲知道是麦子送我回来。

现在,处在井底的是我。我被父亲像井盖一样的眼睛盖着,扣在原地,寸步难移。

我打发妹妹送扳手过去,草草写了一个字条,塞给妹妹让她带给麦子:

"我知道你喜欢我,我也知道星子在默默等你,你跟她早点结婚吧。"

让他主宰我的未来

当晚,父亲吩咐我说,明天把屋子收拾干净,县里的农机干部田夫要来提亲。

第二天一大早,父亲起来喂了鸡喂了羊,打扫完院子,戴上他泡在碗里的假牙，跑到信用社贷了两百块钱，买了十几米印花纱布，坐在缝纫机前忙活，缝好了炕围子，把墙边那些肮脏的鼻涕痕迹都掩藏起来。

田夫一进到屋里，把手里提的方块糖和砖茶往桌上一放，就夸那一圈炕围子漂亮。我们家值得别人夸的，就是父亲临时围的那一圈碎花炕围子。田夫肯定看得出那是新挂上去的，纱面上还挂着很多线头。我记得，我曾经闹着要买一个粉红色的糖果盒，父亲说他只思想着怎么样才能填饱肚子，而我成天思想着好看不中用的东西。这次他竟然贷款买炕围子这样的样子货，让我很意外。田夫坐在炕头上，跟父亲表现出很熟络的样子，说父亲给他爸做的中山装，那做工县上的裁缝也比不上。

田夫来相过亲之后，几乎每星期都来我家，殷勤地帮父亲修农具，干点拉粮食、卸煤之类的杂活。父亲说，田夫没上过大学，比上过大学的人有本事。

一个周末的傍晚，田夫来我家，帮着我烧火做晚饭。

灶火前，他对我说："你这大专幸好是上两年，等你一毕业，就跟我结婚吧。"

我对着灶火哭了。

"是不是不想跟我结婚？那你想跟啥人结婚？"他额头青筋暴涨，专横的语气像父亲。

我低声抽泣。

父亲冲过来，给了我一个耳光，指着我的鼻子，话像刀子一样："你是不是跟农场那兄弟俩还没玩够，还要继续陪着他们玩下去？丢人现眼！我活着，只允许你嫁给这个男人，想嫁别人，除非我死了。说起农场，我气都不顺。农场的小伙子，让他们去找农场的女的，来找我女儿，我打断他们的腿。"

在这灶火前，父亲曾用巴掌让我与麦秸分开。现在，父亲用巴掌命令我嫁给田夫。我避不开父亲的巴掌，我的命运被父亲的巴掌决定，拐到了另一条岔路上。

父亲主宰了我的出身和过去，又找了一个像他一样的男人田夫，让他主宰我的未来。

我成功地甩开了他

晚上，田夫跟父亲和马尔住在外屋，半夜田夫走进我跟妹妹和母亲睡的里屋，扳住我的身体，把我拉到大炕靠墙的一角，故意弄出不大不小的响动，像是在对谁示威。

父亲睡在外屋，每夜的鼾声都震天动地，那夜，他悄无声息。

第二天，父亲跟田夫坐在炕桌前，商量替妹妹在镇里找工作的事情。

周末，按照父亲跟田夫事先约好的时间和地点，我带着妹妹一早赶到镇里等田夫。田夫买了两串葡萄，放在我和妹妹面前。早上水米未进，走了十几里路，饥饿的妹妹抓起葡萄就往嘴里塞。我莫名地气恼，示意她不要一副没有见过葡萄的吃相，妹妹嘴巴里含着葡萄无辜地看着我，田夫把剩下的葡萄往妹妹面前推了推。妹妹吃完了手里的，再次去抓所剩不多的葡萄。田夫见她饥渴的样子，说："我再去买点吃的。"妹妹本能地点点头，含着满嘴的葡萄，用期待的眼神看着田夫。

我一把打掉妹妹手上的葡萄，无法容忍妹妹在田夫面前饥饿难耐的样子，觉得很寒酸。

我宁可口唇干裂、饥肠辘辘，也不愿意接受他的同情。妹妹眼巴巴地看着我抹泪，嘴里还咀嚼着没有咽下的葡萄，我恨不能找个地洞钻进去。

我看到兰萍父亲的拖斗车恰巧停在路边，兰萍父亲示意我上车，我应了一声，爬到了车上，提着一袋吃食的田夫从路边的商店出来，看到我上了车，大声喊着："喂，等等，你要去哪里？"

他转身往市场的方向飞跑过去，接着，我看到妹妹从他手里接过了那袋食物。

我扭过脸去，隐隐觉得他买给妹妹的食物，是以我为代价换来的，这让我觉得无地自容。

车发动起来了。再回头时,我看到田夫骑着自行车追过来,一只手拽住拖斗车尾部。拖斗车越开越快,他不得不松开了拉住拖斗车的手,弓起身子蹬着自行车,拼命地追赶拖斗车。他被甩下很远,奋力地踩着自行车的影子晃动着,越晃越小。我擦去脸上的眼泪,拍了拍裤子上的尘土,裤子上留下了一道道黄泥手印。田夫看不到我的狼狈了。我们之间的道路被一条河流拦腰撕开一个口子,拖斗车过河拐了个弯,我成功地甩开了他。

我正在经历一场劫难

为了躲避田夫,我住进了兰萍家。我从兰萍家的卫生间出来,对她说:"我想好了一首诗。"

兰萍奇怪地问:"在厕所里,你竟然还有心情构思诗?"我越来越想念麦子。我没有理由再去见他,听他谈论他的诗歌。我关在卧室里,疯狂地写诗。兰萍来宿舍找我,她怎么敲门我也不开。

我正在经历一场劫难。兰萍预感到我与田夫结婚会是一场悲剧,她试图把我从泥沼中拉出来。她把我关进她家,给我吃,陪我睡。每天,我要搂着她才能入睡,我已经对她依赖成瘾,潜意识里把假小子打扮的她当成了爱的替代。

　　父亲没有像兰萍那样展开羽翼保护我，他认为我不再是他的小雏鸡，不该躲在他的羽翼下，应该嫁给那个干农机的体面小伙子。田夫以他的殷勤蒙蔽了父亲。一生阅人无数，会为自己的爱情占卜、施展法术的父亲，对女儿未来的悲剧竟毫无预感。他是盲目的，还是已经看清楚了，我根本躲不过这一劫？他不知道自己正把我推入一个深渊。父亲娶了母亲这样一个疯女人，熬完后半辈子。他这一生，没有哪一天不是在品尝苦果中度过的。作为女儿的我，又怎么能够幸免呢？让婚姻、爱情上如此失败的父亲来帮我引路，保护我不受伤害，是何其幼稚的想法。

　　兰萍孱弱的力量，根本不足以胜过强大的命运，将我拉回到安全的岸上。她失望地看着我沉落谷底，演绎一场悲剧。

　　我没能够在自己被淹没之前，把汹涌的潮水拦腰截断。我来不及搭救自己，就被惊涛骇浪带走了，根本无力逃脱命运，争取将自己放生的机会。

　　一开始，兰萍的预感就是正确的。她拦不住那驾冲过来的命运马车，最终马惊车翻。她重蹈了我的覆辙。这是后话。

一切情丝都被拦腰斩断

在我大学第二学年开学之前,麦秸接到了石河子师范学院的录取通知书。走之前,他来看我。我怕父亲见到他来了会心里不悦,内心很忐忑。麦秸表现得却很从容,大大方方地跟父亲说:"伯父,我上师范之前来跟伊丽道个别。"父亲的表情很淡漠,似笑非笑地说:"考上师范了,以后就当老师了。"

"我哥要结婚了,我带了一张请帖给你。"麦秸默默地递给我一个大红请帖。请帖上并排写着麦子和星子的名字,上面是麦秸的字迹。我手里拿着请帖,不知道说什么好。

麦秸走了,离开农场,开始新的生活。他说,到了学院会写信给我。

没隔几天,我也回到了学校。

我翻出麦子写给我的几十封情书,越读越难过,又不甘心,我与他之间的一切情丝就这样被拦腰斩断。我抄了"我等待你直到白发如霜"这样的句子,去邮局寄给麦子。

整整一个学期,我没有收到麦子的片言只语,只收到一封麦秸简短的来信,他谈了学院发生的新鲜事,满纸崭新生活的喜悦。这些让我心里有了几份慰藉。我向他打听麦子的生活,他回信说:"嫂子怀孕了,新年生。等放了寒假,我们一起去看看他们。"

星子生了个儿子，刚满月不久，我放了寒假，跟着麦秸一起去了麦子家。

麦子家新修的院子围墙很高，从外面什么都看不到，围墙像是刻意抵挡我的到来。我内心对我与麦子之间的任何阻挡，都怀着一种逆反、无视的心态，却无法真正冲破一切世俗的捆绑。我以麦秸女友的名义，堂而皇之地跟着麦秸闯进了麦子家。事实上，麦秸的女友这个身份，连我自己都觉得可疑。

从踏进麦子家门的那一刻起，麦子的目光一直追随着我。他情不自禁地跟我说话，往火炉里添了煤，吩咐让星子做点吃的。

屋子里弥漫着一股母乳和初生婴儿的气息，这种气味让我觉得星子身上笼罩着一层光晕，她不安的神态让我为自己冒冒失失的闯入产生了一丝愧疚。

星子弓着腰吃力地在火炉边忙碌。她有点产后肥胖，身材臃肿，动作僵硬，手微微颤抖。她始终低着头，像在回避什么，眼睛的余光都不敢朝向我，也不看麦子。这让我隐隐有种居高临下之感。我和麦子、星子、麦秸共处在这充满烟火气息的屋子里，空气里萦绕着烟雾一样轻薄的伤感。

星子盛了白米粥，端了一盘热馒头和一碟萝卜干，放在炕桌上，招呼我们吃饭。

星子抱着才满月的儿子，小心翼翼地跟麦子说话，好像怕我的到来会击垮什么。

在我眼里，她抱着的不是孩子，而是她的最后一层保护。我到底想要冲破什么？她不像是一个主人在给我盛饭，分明做出向我示弱的姿态，卑微的样子似乎在乞求我不要来跟她争夺什么。

我来只是想看一眼麦子，作为他弟弟的女友，来看哥哥一家。这个心虚的借口没法让我理直气壮。我进一步为自己开脱，我没有答应麦子的求婚，星子才能跟麦子在一起。我觉得，她的这份生活是我拱手让给她的。我以为，自己满足了天性里就有的那种为爱牺牲的欲望，却没想到会被一份额外的痛楚煎熬。

情债不知有没有机会偿还

吃完饭，我要坐班车回家，麦秸站起来说，他送我。

星子抱着用小被子裹着的孩子，拿了把小凳子，说要跟麦秸一起送我，顺便去车站附近买点东西。麦子顺势说了句："我正好要去书店，一起出门吧。"

书店很小，只够站得下我和麦子。我们匆匆地走进去，样子像是两个找地方接头的人。

麦子不安地瞄了一眼门口，说："每次你来之前，星子都有预感。她昨晚还跟我提起你，觉得我们之间不像兄妹那么单纯。"

顺着麦子看过去的方向，只见星子站在十米开外的班车旁，我拿了一本书随手翻着，把身子伏在柜台上，背对着门口的麦秸，对麦子说：

"没想到，你那么快就结婚，有了孩子。我把你当成一个亲人，来看一眼你的生活，看一眼就走。"

麦子用埋怨的口气说："是你让我结婚的，你忘了？"的确是我写了字条，让妹妹带给他，让她跟星子结婚的。没想到，他就真的结婚了。

"我想过，我不可能嫁给你们兄弟俩中的任何一个。可没想到，你结婚了，我会那么难过。"

"为什么不能？你怕你父亲？"

"我父亲同意也不行。我嫁给你们哪一个，对另一个都是伤害，低头不见抬头见。"

"你人那么小，想得那么多。"麦子的口气里有吃惊的成分。

麦秸在门口招呼我，说："车快要开了，该上车了。"

麦子眼神焦急地塞给我一张小纸条，纸条上写着："你把他支开，不要上车，我有话对你说。"

麦秸把我当作他的女友，满心责任感地要送我。我不知道，是什么让一直冷静处事的麦子，突然如此急切地要支开自己的弟弟和妻子。

要战胜多少障碍，当哥哥的才能写出那张字条，非要把他的亲弟弟支开，把怀里抱着孩子的妻子支开。他深不见底的目光中满含乞求，我不知道他内心究竟发生过怎样的争斗和风暴，我不希望这样的风暴在我和他内心隐秘地持续下去。他结婚了，有了孩子，我不该跟他有过多的牵扯，我们之间说什么都晚了。

"我再也不会来了，这是我最后一次见你。"我负气地瞪着他。

麦子说："我欠了星子的，我想把欠她的还上。我也欠了你的，这份情债不知有没有机会偿还。人与人有相欠，就会来往，互不相欠了，一切就都结清了。"

"事到如今，我只能离开，不能再向前走了。"看到门外的星子和麦秸都焦急地朝这边走来，我知道此地不能久留，只好匆匆地出了书店的门迎上去，跟他们道别。

星子吃力地把手里的那把小凳子递给我，满面焦灼地催促："赶快上车吧！车上没座位了，带上它，路上可以坐坐。"

我挤进了车门，没有去接她手里的凳子，怕她看到我满面的羞惭。

不愿接受这个结局

我两年的学院生活很快也接近尾声,毕业实习被田夫家一手安排到县机关,新学期开学就可以顺利到县中学教书。田夫帮妹妹找了工作,父亲又收了他家的彩礼,我只好跟田夫订了婚。我毕业实习,父亲就催促我早点把婚事办了。

我打电话给师范学院毕业后回到农场工作的麦秸,第一句话就说:"我要跟田夫结婚了。"

麦秸语气诧异:"结婚,你确定是跟田夫?你就不能等到我明年毕业吗?"

我强压住难过的心情说:"早晚要结,父亲收了彩礼,他家在催,拖不下去了。"

麦秸语气很冷淡:"既然这样,我们见个面吧。我从学院赶过来,有些东西交给你,顺路去参加金子的生日晚餐。"

我告诉他:"自从我跟田夫订婚后,他经常赖在我宿舍里,你不要来宿舍,我出来见你。"

麦秸沉吟了一下,说:"也行,我赶过来,老地方见。"

我来到跟麦秸约定的地方。

北方十二月的黄昏,万物包裹在冷飕飕的空气里,全然没有复苏的意味。寒风刺进毛孔,我禁不住裹紧羽绒服。

大街上的人流渐渐稀疏,十字路口,小贩的叫卖声冻结在暮色中。

我站在往西第二个红绿灯前的公交车站牌下，看着相反的方向闪烁不定的红绿灯。我第一次发现，站在县城的路口，往周围看过去，四个方向都是红绿灯。

　　麦子和麦秸，这两个人，就像挡在我命运十字路口的红绿灯，红灯、绿灯同时亮起，一起闪烁，哪一个是我的真爱，我一直无法做出判断。我跟田夫订婚后，跟麦秸的交往就停下来了。麦秸对我充满了恨意。我没法对抗父亲，内心只有无奈。

　　我站在人影渐渐稀少的路边，心中萌生出一种记错见面地点的感觉。正当我徘徊不定时，麦秸在暮色中走近我。他的黑色呢子大衣被风掀起，衣角向他身后翻飞。他带着一股嗖嗖的寒风走过来。

　　他的耳朵冻得通红，黑白格子围巾围裹在他的脖子上，那是我送给他的生日礼物。他钢针般黑亮整齐的发丝，被风吹得有点散乱。

　　我心痛地上前拂拂他的乱发，帮他裹紧脖子上的围巾。他在寒风中高昂起头，迎着我的目光，每次见到我时脸上那种大男孩式的羞涩温顺荡然无存。

　　他陌生的表情和傲然的目光，让我顿时产生了一种不祥的距离感。我向他伸出去的双手，怕冷似的，本能地缩回到羽绒服的衣兜里。

　　傍晚，咖啡厅里正是人影流动的时刻，小餐厅里也冒着热气。我跟在他身后，迎着风走在清冷的大街上。路边的树木在寒风中呜咽，路上的残雪开始结冰，踩上去又硬又滑。风像刀割一样划在脸上，为了见他特意穿了一双高跟皮靴的我，在冰碴上打着趔趄，他似乎对这些毫无知觉。

我觉得全身发冷，不由得抱紧双肩，颤抖着哽咽起来。

突然，一个熟悉的身影擦肩而过，麦秸和我商量好了似的一起低下头。其实我们都用余光看到了，我认识她，那是金子，县城的一个女裁缝。

他嘀咕出见面后的第一句话："见鬼了。"他抬头向我示意前方的公交车站，说了句："朝那个方向走吧，你回宿舍，今天我临时有约了。"

"这么晚了，你既然叫我来，就送我回去。"我堵在他前面。冷风嗖嗖袭面而来，天色已经黑了，空气冷得快要结冰了。

公共汽车行驶过来，他催促我快点上车。我只想再和他走一程。我固执地请求他："让我陪你沿着这条路再走一会儿。"

"你来见我，不怕你未婚夫误会吗？"麦秸冷冷的语气让我感到委屈。

"是你害怕有人误会你。"我倔强地说。

"今天是金子的生日，我说好了去为她庆祝的。如果认识的人看到我们，我怎么解释？"

"金子的生日对你这么重要?"

"那我郑重地告诉你,她是我未来的妻子。"

我全身打了个冷战。他的话像冰水一样灌了下来,让我从头冷到脚。我愣了三秒钟,双手交错紧抱双肩,感觉如果在原地再多停留一秒钟,就会被冻成冰柱。

我被无力感吞噬。他选择了金子,小县城的一个女裁缝。我固执地说:"我要听完你对我说出今生的最后一句话,我马上就离开。"

他的口气软了下来,说:"你都下决心跟别人结婚了,我怕耽误你。你走吧,五六年内,我不想跟任何人结婚。"

我怔怔地望着他:"真的,五六年内不结婚?"我还怀着一丝希望:"我,还想再等你。"

他的全身触电般颤抖了一下,猛然昂起头,努力避开我的视线。

他向我摆摆手,心烦意乱地解释:"我现在不想考虑结婚。如果我像没考上大学时那样,天天只知道往邮箱里塞情书,谁都不会嫁给我的。"

他的话击中了我,我不知道是哪里来的勇气,一下子把想说的一股脑儿倾倒给他:"你不是害怕孤独吗?你对我说过,让我陪你走完这段路。你亲口告诉过我,大学毕业后,非我不娶!订了婚我可以退婚,我想等你。今天我来找你,就是这么想的。"

他一句话也不说,从大衣胸口的内袋里掏出一沓东西,双手奉还给我。这些东西带着他的体温,这是我写给他的书信。我双手捧着它们,眼泪在寒风中变得冰冷。

我站在路灯下,怀着最后一丝希望望着他,想挽留他,可他眼神暗淡。我泣不成声,把信塞到他怀里。

"这些东西,我不方便保存了,由你来处置吧。"他把信重新塞给我。

我拿着那些信,挤进公共汽车里。我不住地擦眼泪,内心抗拒着不愿接受这个结局。

车开动了,我坐在车窗边。窗外寒灯点点,他站在车站站牌下,看着车开走。车开出很远,我还能看到他向我挥舞着围巾,直到变成一个黑点。

丽娜尔住在405房

春节放假,单位上班的人都回家过节了,单位宿舍楼有点空荡荡的。田夫约我去跟他见面,让我帮他套套被套,顺便帮他钉个扣子。田夫说他把丽娜尔住的405房钥匙讨要过来,借口用来晾晒衣服和被单。很快,我就知道,这是个借口和幌子,我觉得是一个本来就并不充分的理由。晾晒衣服和被单,可以在室外,也可以在他自己的宿舍,为什么偏偏是丽娜尔的房间?

丽娜尔住在405房,"我拿丽娜尔房间的钥匙,是用来约你见面的。"田夫对我陈述的这个理由,几乎完全可以遮掩田夫所为的可疑性,让我不敢往别的方面去想。

田夫的姐姐一不小心透露过,田夫曾带丽娜尔去过三道巷子的屋子,住过好几天。她并没有说出丽娜尔这个名字,只是说田夫带了一个剃了光头的女同事来家里住,那女的长得高大壮实,就是这个光头的标志出卖了她。

田夫对405房间内的一切很熟悉,进了房间,他迅速帮我找出了一个针线盒内的针,让我帮他钉衣服扣子。我一边钉扣子,一边禁不住好奇地想,除了丽娜尔,除了我,他还在405约见过谁?谁来替他套过被套、洗过被单或者钉过脱落的扣子?

我在嫉妒吗?我没有可能不嫉妒。我与田夫认识的那些女孩都很熟悉,包括丽娜尔也知道我是田夫的未婚妻,已经订婚,也去过田夫家,跟她一样在三道巷子的屋子住过好几天,并且我们已经订婚了。她见到我总表现得像是处处都在讨好我,让我无法分辨她到底是不是知道田夫会把405用作与我约会的房间。如果知道了,她会嫉妒吗?我怕她知道,田夫总说丽娜尔很羡慕我。羡慕比嫉妒更可怕,嫉妒只是排斥你拥有的,羡慕是想把你拥有的据为己有。

住进三道巷子人家

我在县中学上班后,还没有领结婚证,就怀上了田夫的孩子。父亲说,你既然怀了田家的种,就理所当然是他们家的人了。父亲做主把我送进了田夫家。他说,能住进三道巷子的人家,算你命好,别人家的姑娘想嫁都没那个命。

三道巷子很深,巷子里的榆树浓荫一直延伸至巷子到头的地方,就是田夫家大门口。从他家门口往下坡走,巷子和道路一起被河坝截住了。田夫家紧靠着河坝的前院,搭了葡萄架,种了满园子的花。从我和田夫婚房的窗户望出去,可以看到蜿蜒的河坝,这是我在田家唯一感到熟悉和亲切的景物。

西天被墨汁一样的晚云渲染成青黑色,天幕低垂下来,像要掩藏一个巨大的秘密。一道闪电劈开黑云,巷子尽头的树一闪,像受惊一般躲进夜幕里。这一束闪光打开了闭锁的暮色,仿佛打开了两扇封闭已久的大门。

我熟悉巷子尽头的那棵树,在夜色里见过它躲闪的样子。借着闪电的那束光,它向我移近,又旋即远去,似与一个不该碰到的人狭路相逢,又仿佛两排松动的牙齿无法咬合,或者像生锈的齿轮吃力地转动,运送带颓然断裂,一切都愣在那里。那棵树保持着被单向的风吹弯后,无法抬起头来的样子,没有其他方向的风将它抟直。

掩藏一个巨大的秘密

我挺着隆起的肚子,被田夫拉着手,穿过巷子,走到那棵被风吹弯的榆树下面。

我们要去看夜场电影,走到三道巷子口,我让田夫拿出票,确认一下上面的开演时间。他从左胸口的衣袋里掏出了两个透明的塑料小袋,清清楚楚地可以看到里面是避孕套。他用手捏着,避孕套在他手上愣了三秒钟,空气冻结了三秒钟。这三秒钟像是特意留给了我可以发问的空当,我没有说话。停顿的时间,刚好够我用目光再次确认,他掏出来的不是两张电影票。

他利用这三秒钟稳住了慌乱的眼神:"小翟说要跟女友约会,让我帮他搞几个避孕套。"

我垂下头,躲避着空气里的尴尬,避开了他说话时的表情。我的视线落在他手上,避孕套重新回到了他的上衣口袋,好像从来就没有被掏出来过。我把视线从他的上衣口袋移开,盯住婆婆给我缝的紫红丝绒外罩上的纽扣,一个纽扣一个纽扣地往下移。视线被我隆起的大肚子阻断了,我别扭地扭动了一下身体。他站在我对面,脖子像被什么戳中了一样,很不自然地缩了回去。

我隆起的肚子为我遮挡住了一些什么,有一些东西在我扭动身体时被轻轻抹掉了。为了驱散空气里残留的一丝不安和紧张感，我觉得必须说点什么打破僵局："电影票没丢吧？"

他站在那棵弯着腰的榆树下面，勾着头认真地翻完了两个下衣袋、两个前裤兜，最后从屁股后面的兜里抽出两张粗糙的淡蓝色纸片。他"咔嚓"一声亮起打火机，照了照上面的日期和时间，确认无误后，把两张淡蓝色纸片放进了下面的衣袋里。他没有去搜寻上衣袋，只是用手小心翼翼地按了按胸口，生怕按得重了，会有东西从里面蹦出来似的。

我和田夫离开了那棵歪着脖子的老榆树。走远了一些后，我忍不住回头看了看。老榆树屈腰弓背地站在无风的巷子口，昏暗里显得很苦闷，似乎很不情愿地把一些东西收纳进扭曲的枝干和树冠下。

夜风吹过空旷的广场

夜静默着，周围的一切都恢复了正常。

电影院门口，我遇见了兰萍，她紧紧挽着卖苹果的男孩铁蛋的臂膀。出乎我的意料，她撞见了我和田夫没有显出丝毫的慌乱，松开手，亮出洁白整齐的牙齿，笑盈盈地解释："我陪朋友来看场电影。"

电影院门口只有晚来的我们四个人，灯光亮晃晃的。门口的广场上了无人影，四周无遮无拦。比起隐秘的三道巷子，这里一览无余，没有树影可以吸收秘密。

"大老远跑到县城看电影，呵呵，是地下男朋友吧。"

这一次，田夫略带嘲讽地看着我，好像尴尬的事发生在我身上，一副对兰萍的秘密了然于心的表情。他果断地从下衣袋里掏出两张淡蓝色纸片，塞给站在门口验票的胖女人。我的心一阵紧张，生怕他错拿出那两只避孕套。我知道，他并没有扔掉它们，它们就躺在他的上衣袋里。我想了想，小翟，田夫他单位里那个小腿溃烂的瘦高个男人，还有他小巧的女友，圆圆的脸上挤满雀斑，他们正等着田夫上衣口袋里的避孕套，然后再确定一次幽会。我苦笑了一下，回过神来，确认了胖女人接过去的展开的是那两张电影票，长舒了一口气，安慰自己："这个秘密，只有巷子口的那棵歪脖子榆树和我知道。"我想到了兰萍，她的秘密就没有那么幸运，它被我和田夫窥见了。我不会因为发现了别人的隐秘就去嘲弄，无论是对兰萍与铁蛋，还是对田夫口袋里的避孕套。我在想，兰萍挽着年轻男子的臂膀到电影院看电影，比起那两只说不清楚的避孕套，算是一个令人羞耻的秘密吗？我只是觉得惋惜，一些东西不小心碎在了地上，被别人践踏和污染了。

我的心痛了一下，是痛惜还是妒忌，我分不清楚。一阵夜风吹过空旷的广场，卷起地上的碎纸片，脏污的纸片在风里翻滚着，跌进广场对面的林带里。我的疼痛显得那么无力、那么轻，甚至轻过那些纸片。我苦笑着走进电影院，转而又想，谁会在意地上那些被践踏被污染的纸片的疼痛。电影院内的灯光陡然间暗了下去，昏暗遮掩了我的苦笑。

想安安静静地生活

　　过了一段时间，麦秸来县城参加一个会议，要开十天，他每天打一个电话约我见一面。我一直犹豫，要不要见他，想着见了他也不能改变现实。第十天，他告诉我要走了，希望跟我就像朋友一样谈谈。我瞒着田夫，骑着自行车去宾馆见麦秸。一见面，他惊异地问："你怎么瘦成这样？"

　　我垂下了头，强咽下一腔苦涩。麦秸以为是他的离开造成的，坐下来捂住脸抽泣。我也似乎觉得自己应该为点什么去憔悴，其实不是，我只是因为跟田夫在一起怀孕了，刚刚打了胎。这些我不知道该如何跟他说，我怕伤了他的心。骑车回去的路上，我的血像西红柿酱一样染红了裤子，粘在自行车的车座上。

　　我的血从那年的春天，一直流到那年的秋天。

等到我的血流干净了，麦秸打了一个长途电话到我工作的县中学，说："上次见了你以后，心里一直放不下。我想过了，作为一个男人，就这么放弃你，我会后悔一辈子。"

我搁下电话，无力地趴在办公桌上。我已经没有了眼泪，我对自己说："我知道，他想来解救我，可是已经来不及了。我又怀了田夫的孩子，帮我做流产的那个医生说，如果这么短的时间内做第二次流产，恐怕这辈子都不能有孩子了。我只能跟田夫结婚。"

麦秸回到农场后，又打电话到我单位："你可以不嫁给我，但你不能嫁给那个人。还没结婚就憔悴成那样，我担心你嫁了他，连命都保不住。"

我用绝情的口吻告诉他："不要再给我打电话了，我要结婚了。"

受到伤害的我，又把伤害转嫁给了他。我可以想象电话那头麦秸的绝望。

我毅然决然跟田夫领了结婚证。我只想安安静静地生活，让过去的恩恩怨怨都风平浪静。

那片墓地夏天全是沙子

　　干完了地里所有的活儿之后，父亲躺在野柳树下，躺在老榆树下，躺在白杨树下，躺在沙枣树下……乘完了大梁坡每一棵树的阴凉之后，父亲从大炕上搬到了墓地里。那片墓地夏天全是沙子，父亲就躺在一蓬干枯的"胖婆娘"下。我一直不知道"胖婆娘"的学名，我已经不想知道了。父亲生前唤这种植物的名字的那股亲昵劲，远远超过了唤自家的婆娘，谁让他的疯婆娘叫苦豆子呢？也许父亲觉得选择一丛"胖婆娘"在坟头陪着他，胜过生前他的疯婆娘苦豆子陪他。

　　父亲睡在墓地里，就像睡在大炕上的牛。牛完成了春夏秋的劳作后，终于躺倒了。我们睡在烧热的炕上，上面盖着棉被，下面铺着毡子。剥了皮的牛睡在冰冷的炕上，下面铺着席子，上面盖着毯子。牛的身体渐渐变小。一个冬天，牛的力气全给了刚刚长大成人的马尔和伊娜。开春，他们就代替了父亲和牛。

　　三月里备耕，四月里播种，五月里浇水，六月里除草，七月里插秧，八月里割麦，九月里打场，十月里收苞谷，十一月里摘棉花，十二月里积肥……农闲时做裁缝，一切周而复始。马尔和伊娜扛起了这个家，他们复制着父亲的生活。

随着父亲的离世,我感觉青春也接近尾声。

向他讨要一个父亲

我跑大老远去找麦子,想要告诉他,父亲死了。

好像他能替我挽回父亲。

我找到麦子家院门口,看到他跪在地上修理摩托车,空气里弥漫着一股汽油味。

我叫了一声:"麦子哥。"他从地上爬起来,端着两只沾满汽油的手,显得有点无措。

"我爹死了。"我看着麦子的手。

"啊?什么时候的事?"麦子眸子里的悲哀分明是我的。他费力地看着满手的油,好像突然不认识自己的手了。

我的眼睛直视着他,不像是在告诉他父亲的死讯,而是向他讨要一个父亲。

有人像是猜到麦子跟我在院子门口,拿着扫帚在院子里扫来扫去,发出很大的声响。

麦子说:"你嫂子很敏感,她对你有感应,每次做梦梦到你来了,你就真的来了。"

"你盖了新房子。"

"房子不是人的根。"他拍拍土墙,仿佛是说给墙听。

他在为自己辩解。我听出这句话里的挣扎，默不作声。

隔着院墙，星子粗重的喘气声忽远忽近。她会不会追出来，这个念头在我脑海中快速闪过。我挣脱麦子缠绕过来的胳膊。麦子手上浓浓的汽油味，让我不知道该亲近，还是该排斥。

星子在院门背后，一声接一声地呼叫麦子，似乎在特意留给我逃走的时间，我知趣地逃到了马路上。回头看时，发现麦子朝路这边望着，一动不动，他被星子的喊声拴在原地，呆呆地立在院墙的阴影里，整个人在我一遍遍的回望中逐渐暗淡下去。

像血滴又像红色的眼泪

嫁给田夫后，我发现我婚前所有的怀疑都不是我的凭空臆想。我和他结婚好像就是为了证实他的不忠和背叛。

我怀着身孕洗衣做饭拖地，尽一个妻子应尽的义务，连田夫每次用过的手绢，都帮他洗好晾干，用熨斗烫平后叠好放进他的口袋里。

可是有一天，我从田夫的口袋里翻出的不是脏了的手绢，而是用红色的钢笔写的绝交信："田夫：你别以为我不知道你那点鬼心思，你不就是看上她有大学学历、工资高、结了婚有房子分吗？为了这些，你就把我当抹布一样甩了。你忘了，我为了你打过三次胎，受了两次处分。你信誓旦旦地跟我说，毕业了会跟我结婚。周围的人都知道我们之间发生的这些事。现在，我想找个对象都没人敢要我，找工作也没单位肯收留我，说我在学校期间多次堕胎，作风不正，受过处分。你这个没有良心的大骗子，把我害成了这样。你倒好，偷偷摸摸地跟别人结了婚。我看透了你这个陈世美，想靠这个女人吃一辈子、喝一辈子、玩一辈子，你做梦吧！我诅咒嫁给你的这个女人活不过三十，出门被汽车撞死，过桥掉水里淹死……"

信纸上红色的墨水滴得斑斑驳驳，像血滴又像红色的眼泪，吓得我不敢看下去。

我一气之下拿着信跑到田夫的姐姐家给她看，向她倾诉。结果，他姐姐看完信，就把它放到灶火里烧了。她说："过去的事情就不要管了，只要他现在对你好，你管他以前那么多干啥？"

在他姐姐家的影集里，我翻到了那个女人的照片：高个子，白皮肤，像俄罗斯女人一样的一头金色大波浪长发，穿着小格子女士西装、发白的紧身牛仔裤……

那封信被烧了，但上面的每一句话和那个女人的形象已经在我脑子里下了蛊，时时刻刻让我提心吊胆，害怕她说的一切会变成事实。结果，我真的变得跟她信中诅咒的一样,一天到晚疑神疑鬼、哭哭啼啼,动不动就寻死觅活。我不愿意出门,不愿意见人,不愿意跟任何人说话,包括我最好的朋友兰萍,我也不愿意对她说出我的心事。大中午,别人都休息了,我一个人躲进一片没有人去的沙枣林里,坐在一条小干沟边,一坐就是一个中午。枯坐着无聊,我就重复玩一个游戏:不厌其烦地在地上堆起一个个小土包,摘一枝沙枣花插在土包上。我每天都去这块没有人来的沙枣林。我会想起小时候,在院子里用一根棍子搅出蚯蚓的游戏,那时候,妈妈就在不远处干活陪着我。我会想起麦子送我回家,把摩托车停在沙枣林里,我坐在地上也玩过这个埋葬的游戏,那时候,他陪着我,看我堆起一个个小土堆,他折下沙枣花,我把沙枣花一枝一枝插在小土堆上……

这样的"午间埋葬游戏",我一个人进行了整整一个夏天。没有人知道我去了哪里,干了什么。这是我一个人的世界,我每天都把心里无法消化的秘密默默地埋葬在这里。我堆的小土包越来越多,密密麻麻连成了一大片,像一个墓地。

那天中午,我又去了那片沙枣林,看到一个男人扛了一把铁锹。干沟里流淌着浑浊的水,我的"墓地"里的小土堆被全部冲垮了,沙枣花漂浮在渠沟里。有一些生命里无法承受的秘密被我埋葬在这里,没有人知道那些秘密是什么。看着它们被脏污的水流翻卷着冲走,我哭着跳进渠沟里，想把那些干枯的沙枣花捞起来，一不小心滑倒了。我从渠沟里爬起来回到家里，发现身子见红了。田夫骂骂咧咧地问我："你去了哪里？跟你妈一样是个神经病，不知道自己怀了孩子吗？"我不说话。或许他说得对，我做的事变得跟母亲越来越像了。

他带我去医院检查。坐在他的自行车后座上，路过一座大桥，我远远看到桥那头，一个满头金色大波浪长发的女人向我走过来。太阳光明晃晃地照射在她炫白的脸上，打在她小格子的女士西装和紧身牛仔裤上。在我眼里，她分明就是给田夫写信的那个女朋友。我的头嗡嗡叫，眼睛花了，像得了雪盲症，眼前的一切都是白花花的。那个女人越走越近，眼看就要撞到田夫的眼皮子底下。我感觉，她就是来找他和我算账的。我无比恐惧，跳下车，爬上大桥的水泥栏杆，就要往下跳，被田夫一把拉了回来。

他问我："你疯了吗？"

我说："我以为，她来找你了。"

他脸色煞白："我也吓坏了，怎么那么像？"

我的心软了。原来，他跟我一样怕她，她已经成为他的噩梦，我们共同的噩梦。

那天晚上，他夜不归宿。我在丽娜尔的405房间找到了他，房间里放着音乐，小翟、小翟的女友，还有几个男男女女在宿舍里跳舞。

看到他搂着丽娜尔的腰肢扭来扭去,我背过身默默地关了门离开了。回到家里,我拿起地上油漆家具时用剩的半瓶香蕉水,仰头一饮而尽。全身麻木栽倒在地上的我,被随后赶来的田夫和小翟、小翟的女友送进了医院导泻、洗胃。

我出院时,医生的诊断书上写着:癔症,自杀未遂。

从医院回来,我肚子里的孩子流产了。这时,我才清醒了一些,想起麦秸说过:"嫁给这个人,你会没命的。"我下决心,要离开这个男人。

我没有办法配合田夫像父母那样过一辈子,我想逃脱。

上天给了我一个让我痛下决心的机会,让我亲眼看见了他的背叛。

那天中午,我提前回家,看到房门紧闭,猜想田夫可能在家。我掏出钥匙打开门,发现过道里放着一辆自行车,上面挂着红红绿绿的毛线编制的装饰。

打开卧室的门,卧室很暗,光头女人丽娜尔与田夫滚在床上。丽娜尔发觉我在门口,她嘴角上扬,下意识地对我微笑了一下。那微笑带着安抚的性质,就像是她做了个平常不怎么示人的隐秘动作,比如:看到四周无人提了提裤子,或者偷偷掖了一下胸衣,却一不小心被一个迎面撞见的办公室同事看到了,为了掩饰尴尬,她的脸上带着两分羞臊三分歉意,礼节性地打个招呼。这就是丽娜尔在床上看见我时的情态。

我打开了灯，两个人影从床上分开。丽娜尔抱起床头柜上的一堆衣服，摇晃着光光的脑袋和圆圆的屁股走出卧室。

不知道为什么，我想到了父亲喂养的那头种驴，被它骑过的母驴成群结队，可以排满我家的院子。父亲比较过那些母驴的牙口、站姿、毛皮，还有那道生命幽秘的裂隙。女人的私处是被严密地包裹的，而这些母驴任何时候可以从后面被直视它，甚至被棍子或者指头直接捅进去，当然还有别的，这又有什么区别呢？

公驴给太多的母驴配过种，那根玩意儿因为用力过猛而损折，皮肉撕裂，红肿发炎。父亲为了修理好公驴的那玩意儿，给它用花椒水清洗后消毒、上药。我禁不住想，那段东西有记忆吗？恐怕只有那些伤口刻着曾经进入过母驴的记忆。那些快感呢？那些感觉最终会退缩到哪里？会被彻底忘掉吗？或者用来自另一头母驴的类似的感觉覆盖？公驴知道自己的使命是配种才那么卖命吗？还是仅仅沉溺于那种快感，一次次地冲向母驴，以至于那根东西因过度使用而损伤？

我的脑子被这些不堪的场景挤占，我的生活因为我看到这样的不堪而开始大面积折损。

在屋子里，我闻到一股难闻的腐败气息。这种气息沾染在我的身体上,我开始排斥那张床。睡在床上,我开始失眠、全身发痒。我感觉自己一天都不能跟田夫共处在这间屋子里。

我不知道,我是否在这张充满陌生气味的床上睡着了。但我肯定,我是在做梦。

麦秸开着车,好像要带着我将所有的路走个遍。车停了一站又一站,每一站都不是我想要的目的地。仿佛他故意绕开我想去的地方,在带着我兜兜转转。他的目光时不时地与我相遇,似乎知道我隐藏的那个秘密。

我觉得快要绕遍整个世界了,仿佛谁在世界的尽头等着。这条路,我从来没有觉得这么远。戈壁、河床、庄稼、沙山、街巷、白杨树。

我想再次靠近他,甚至幻想着跟他走完后面的五十年。车一直在行驶,仿佛要开到岁月的尽头。

金子代替了我

麦秸突然打电话给我,说他调到了镇中学,还在镇里买了新房,快要结婚了。

"我想看看你的新家。"这是我做出反应的第一句话。

我不知道自己为什么会产生这样的念头,好像要在麦秸和金子结婚之前，抢占一点什么。

麦秸找了一辆车，来县城接我到镇里去看他的新房。路上，麦秸兜了一个大圈，似乎是要躲避什么，路程显得格外长。

我说："真希望车一直不停地开，我就这样和你一直坐在车上。"

"你这话不是真的，只是你一时的想法。"我不知道麦秸为什么这么说。

他有父亲的瘦削，初恋情人的目光。只有这个面目是我愿意接受的，我对他的情感接近最原始的情感。

"我知道，在你心里，金子代替了我。"才二十五岁，我就成了他的旧爱。

他说："我只不过是找一个女人，让她代你来接受我的补偿和愧疚。"

"你这话不是真的，是你想出来的借口。"

"我用通过貌似爱一个女人的方式，变相地表达对另一个女人的爱。金子成了我的补偿对象，对你来不及做的、无法实现的，我都对金子做了。这是真的。"

我木然地看着窗外一闪而过的戈壁，无言以对。我看到了路两边的骆驼刺，这些刺尖尖的，但骆驼爱吃。骆驼是负重的旅者，常常忍饥耐渴，向天际线那么遥远的地方行走。戈壁、荒漠，没有别的食物，只有骆驼刺，骆驼爱骆驼刺，犹如爱它自己的生命，骆驼刺是它生命的养料，它离不开它。

"独自一个人的时候，我很清醒，知道我没有娶到最爱的女人。我哪里是爱金子，我对她好，只是想同时解除对她和对你的愧疚心理。对你们两个，我都是欠了债的。屋子里的沙发，买的时候，我多么希望以后坐在沙发上的是我们俩。可每次坐在上面的不是你，而是金子。只要看见沙发，我都会避开。我在自己家里，连沙发都不敢坐，你的影子每天在我的生活里。"麦秸在流泪，他的头发像钢针一样直立着，坚毅的侧脸和他脸上流淌的泪水形成一种强烈的对比，像是荒漠里突然出现的河流，猛地冲击了我。

麦秸在他家不远处找了一个僻静的巷子停了车，带我来到一座小楼前，上了四楼，用钥匙旋开了门锁。看见那门上的号码是 405，我猛地打了一个寒战。

窗前是一套灰绿色的沙发，窗外高高的白杨树上的叶子迎风翻飞，一会儿露出闪着银光的叶子背面，一会儿亮出油绿的叶子正面。白杨树叶拍击发出的声响像雨声一样，让我想起麦秸在我家的那个傍晚，我和他坐在窗前，任九月的鬼雨把天幕敲黑……

我不敢过去坐在沙发上，上面仿佛有两个人体压出来的凹陷。窗外的风声，像一对缠绵的男女在喘息。我将目光迅速从沙发上挪开，不敢想象那种疯狂的画面。我看到麦秸的目光，那目光仿佛从窗玻璃上映射的光，折射回来照进我的眼睛里，传递着某种令我不安的信息。

我跟麦秸走出那间屋子。

下楼时，听到楼下有脚步声，麦秸怕冷似的捂住了口鼻。到了楼下，他下意识地用手掌遮住额头。我突然想到，他把车停在巷子里，不敢停在楼下，恐怕就是担心被人认出来。这一点无端地伤害了我，我的心很痛，就像是无端端扎了一根刺。才意识到，这个动作为我们的关系定了性：无论我们两人的关系多么亲密，他依然是别人的男人，他有了金子，我与他之间的关系只能是不能公开的关系。他掩住口鼻的这个动作暴露了他的心思，他在否认我们之间的关系。

我跟麦秸一样，也想隐瞒一些东西。他对金子隐瞒与我的关系，我对他隐瞒了与麦子的关系。我心痛的那一刻，正是这种我对他隐瞒的秘密平衡了我。

我回到家里，跟田夫起了冲突，半夜逃回到老屋子。他追过来，说我还没有和他离婚，就背着他跟麦秸约会，有人在楼梯口撞到了。他抓住我的头发向墙上撞，发泄他的愤怒。

妹妹奋力推开他，说："从今夜起我姐姐不是你的人了，你没有权力跑到我们家教训她。"她拉着我半夜逃离了老屋子。

妹妹送我回单位宿舍。宿舍里没有暖气，没有生火，我头痛欲裂。

妹妹说:"你不能回老屋子,田夫疯了。都这个样子了,你还怕什么?打电话给麦秸,让他来接你去医院检查。"

我不敢跟妹妹说,麦秸已经有了金子。我打电话给麦秸,没有向他哭诉,只是说回去不小心摔破了头。

麦秸过来送我去了医院,检查结果是脑震荡。

妹妹对麦秸说:"老屋子来了客人,实在住不下了,宿舍里没有东西生火,我姐已经脑震荡了,太冷,怕她受不了。今晚,我带我姐干脆去你屋里借宿一夜。"

为了寒冷中的一点暖意,我跟妹妹来到麦秸的新家。麦秸让我和妹妹宿在客房,也许是担心金子会突然回来,也许是怕周围邻居看到惹来非议,天不亮麦秸就叫我起来,说他有急事要处理,先早点送我们回去。他这个时候谨小慎微的做法让我感觉很寒心,其实我心里也很担心田夫找上门来闹事,头痛耳鸣,整夜没法合眼。在妹妹的搀扶下,我一级级走下楼梯,脑子像炸裂了一样轰鸣。

我回到老屋子养伤,等身体恢复了一些,找田夫去办理了离婚手续。

春天,麦秸听说我离婚了,来宿舍看望我。他说,平时不便照顾、安慰,让我保重身体。临走,他从包里掏出一个自制的模拟性器给我,就像是一个本来以为他会给我一把沙枣花,却被塞了一捧骆驼刺,让我哭笑不得,这与一贯温文尔雅的他的做派相悖。我觉得受到了羞辱，面对他无比尴尬，心里纵有千言万语，也变得无从说起。他的做法亵渎了我的情感，给我们的关系蒙上了一层阴影，也把我心里的一丝还想跟他再续前缘的幻想彻底打破了。

我可不想走我妈的路

父亲去世了，我失去了依靠，却也感到我的世界不再受控于谁，我开始频繁地与麦子一起参加各种聚会。

我跟麦子一起到镇里吃火锅。我跟着他往车站走，路过一处广告牌，他指着广告上的美女头像说："这女孩的脸颊多么饱满，我一直喜欢脸蛋饱满的女孩子。"

我默不作声地琢磨自己的面颊。我的脸颊很瘦，眉骨和颧骨凸显出骨感，这张脸离饱满还有很远的距离。广告上的美女饱满的两颊，跟星子相似，与我毫无共同之处。

跟麦子并排坐在去镇里的班车上，我问他："你还喜欢我吗？"

他说："不是喜欢，我爱过你。"

他的回答用了过去式，让我心里很不舒服。

他从口袋里摸出昨夜打麻将赌来的钱，一张一张数过，放进口袋里，说："这是我曾经输了的钱，昨夜回收，今晚吃火锅。"

我说:"我想把输了的感情赢回来。"

"我把你给输了,你觉得我回收有望吗?"麦子反问我。

我看着窗外,不再说话。我跟麦子到底是被什么隔开了?父亲不在了,不再有人反对我跟他交往,为什么我还是输了?我想,我是输给了自己的贪婪,既舍不下麦秸,又断不了麦子。

我努力回想,我跟麦秸在农场门市部门前见面的那个上午,跟找麦子的那个刮大风的下午,是不是同一天?我到底在那时遇到了什么紧急的事情,第二天到底要赶着去哪里,才迫不及待地要在同一天跟他们两个人见面?

我想起来了。那天,母亲走失了,我四处打听,到处找人帮我寻找母亲。

这时候,班车到了村口,我跟麦子下车,看着一个围了绿格子围巾的妇女把手笼在棉衣袖子里迎面走过,我泪眼婆娑地跟麦子说:"你看她那样子,多像我妈。"

麦子安慰我一句:"你妈肯定是被好心人家收留了。"马上又赶紧把话题岔开:"你妹妹伊娜现在怎么样?我还记得那时候你让她给我送扳手,她光着脚丫子跑到水库大坝上来找我。她现在在干什么?年纪也不小了,该嫁人了吧?"

"她在村里当老师,本来想嫁给一个比她大二十岁的男人，就是为了能带着我妈一起生活。妹妹说，那人有上百只羊、几十亩地、一个苗圃、一排平房，结了婚，带妈妈过去住大房子，那个男人也带着一个疯癫的母亲。"

"妹妹很善良。可惜跟你妈一样的命，女儿总是免不了要走母亲的路。"麦子说完叹了口气。

"我不信命，我可不想走我妈的路。"

记忆突然闪回到几年前的一个雪天，一路上的树都结着雾凇。麦子用自行车带着我，去他的宿舍生炉子。柴火湿了，我看着他生炉子，炉子一直在冒烟，他不屈不挠地一次又一次点火。最后他在柴火上倒了半瓶柴油，炉子终于生着了，我们也离开了那间渐渐暖起来的屋子。不知道那天他生炉子到底是为了什么，我们冒着严寒奔过去，似乎就是为了生个炉子，连烤烤火暖暖身子都来不及，就赶紧离开了生起来的那一炉子火。

想想，最傻的事莫过于此。生好炉子后人去屋空，生火只暖了那间冰冷的空屋子。

跟我亲密无间的那个少女

沿着雪路走了好远，路过一户人家门口，我猛然看见兰萍举着一根长长的玉米秆子，正把一群鸡赶进院子里的鸡舍，我叫了一声："兰萍！"她抬头看了看我，礼貌地点点头，含混地应了一声。

她泛黄的脸上长了黄褐斑，臃肿的身材，凸起的肚皮，让我有一种失恋般痛惜的感觉，比起听麦子对我说的那句"我爱过你"更让我揪心。

我不明白，曾经那么温情地待我的密友，没过几年，何以变得如此淡漠，难道她不记得我们曾把一些秘密的感情相互交换吗？我至今替她小心翼翼地珍藏着，在心里一直为她保留着纯净的领地。

我在她寡淡的眉眼之间搜寻从前，从她的表情里看不出她是那个曾经跟我亲密无间的少女。我们曾经为彼此保存着的那些温情，在她那里已经荡然无存，她的冷漠和全然无意识让我伤感、失落。那一刻，我甚至怀疑，我与她之间所有的亲密感都是虚幻的，是我的一厢情愿。

其实我只是想确认，我们曾经有过的共同记忆。就连这也成为不可能，她的记忆分岔了，她的青春记忆已经枯死，而我的记忆还那么鲜活嫩绿。

不，也许是她假装遗忘了，我不甘心地想。

她看到我愣在那里，嘴里又应付了一句，再次面无表情地点了个头，转身掀开棉门帘进屋子里去了。她似乎在说："我等一下就来找你们。"这是我从她点头的动作和口形猜测的。后来证明这句画外音是我添加的，是我所希望的。她并没有来吃火锅的那户人家找我。

她是见到老邻居麦子害羞了吗？还是不愿意来打搅我和麦子？那么久不见她，她见到我漠然的样子，让我顿时觉得我对她来说无足轻重。

我闷闷不乐地对麦子说："奇怪，兰萍怎么会住在这里？还对我不理不睬的，像换了个人。"

麦子说："兰萍的丈夫龙海心肌梗死去世了，她嫁给了村里种苹果的农民。"

"龙海老师死了？她嫁给了那个种苹果的？"我想起龙海骑着自行车为她买水果的那个早晨，想起他们的镂着紫色葡萄的白漆铁质婚床。

"她丈夫去世了。人家生活发生变故，不想让你知道，你就别多愁善感了。现在村里比农场好，农民都成了地老板，农场还是拿那点死工资，一个月吃两顿火锅就没了。"麦子轻描淡写的口气让我有点吃惊。

麦子知道她嫁了种苹果的男孩，她却假装不认识麦子，连个招呼也不打。我觉得有点奇怪："当时，那个男孩追求她，她不同意。我碰见过她跟那个男孩挽着手去看电影，他俩又续上了旧缘，也算是有了一个不错的归宿。"

"现在地老板们比城里人有钱，春夏秋三季在地里忙碌，冬天喝酒、吃肉、找城里女人，挥霍掉耕种换来的钱，兰萍那个种苹果的丈夫也一样。"麦子似乎话里有话。

也许事情的真相应是，麦子时常来镇里吃火锅、打牌。她看到麦子带我来，知道我会听闻她的近况。她低头赶着鸡群入圈的样子，分明在掩饰和回避什么，这让我打消了立刻去她家找她的念头。她不想跟我接近，是怕旧事重提吗？还是怕回忆去世的丈夫呢？或许她有更重要的事情瞒着我，或许天黑了她不愿出门，或许她觉得闯入我们聚会的场合不合时宜。

我心有不甘地想：兰萍嫁给了卖苹果的男孩铁蛋，我都一无所知。太多的问题，我一定要找个机会跟兰萍弄个明白。

一个陌生男人轻轻地顺势一拉手

那天晚上，跟麦子在镇里聚餐时，旁边坐了一个从广东中山来的年轻人，麦子介绍说，他是做煤气灶销售的。麦子一直用热辣辣的眼神瞟我，他察觉到毛子有意无意地找一些话题跟我套近乎，时不时朝我使眼色，制止我跟毛子说太多。或许是因为在来镇里的班车上，麦子把我们之间的感情说成过去式，我心里不大痛快，饭桌上为了气麦子，故意对毛子很热络，毛子觉得跟我相谈甚欢。聚餐结束，麦子约了人去打麻将，别的人都起身走了，毛子说，他开了朋友的车，可以送我回家。从镇里到我们村子，车开了半个多钟头。一路上，我听毛子讲他的老家，听得入迷，一直到了河坝边才醒过来，我跟毛子说："没有路了，不用往前再送了。"

毛子下了车说："天黑路滑，我走路陪你过河坝。"

我急了："我妹妹和母亲不喜欢男人送我回家，太晚了，你还要开回县城。"

毛子笑了笑说："这次送你到此。我明天一早回广东中山。下次，我就直接到你家找你。"他眼里有一丝惜别之意，仔细地记下了我的电话和地址。他伸出手和我握手道别，借着醉意和夜色做掩护，猝不及防地将我轻轻地拥在他怀里。

我很吃惊，一个初次见面的男人，怎能对一个女人做出超过礼节性的举动？这多少有点逢场作戏的味道，至少有点唐突轻浮。我本能地挣脱出来，同时也感受到男性胸怀里的温暖，而这点温暖来自一个陌生的南方男人，显得那么温柔。离开他怀抱的同时，我心底里却渴望他能多抱我一会儿。

毛子好像也从酒酣中清醒过来，连忙道歉，骂自己不该喝太多酒，冒犯了我。

我说了一声"再见"，转身就走了，留下毛子在河坝上发呆。在我看来，这些并不意味着什么，他只是我眼里偶然路过的一个旅人，我也从未想过一个陌生男人能够解救我。那时候，没想到，一个陌生男人轻轻地顺势一拉手，竟然改变了我整个人生的轨迹。

当天晚上，我回到老房子，第一眼看到的就是门口的木头水槽像一截没盖盖子的棺材，靠墙躺着。

妹妹记得跟父亲在一起的最后一幕，是他站在水槽边给驴饮水，她把半桶洗菜的水倒进槽里，父亲就在那一刹那倒了过去，她揽住父亲的后腰，看着他闭上眼睛，再也没有醒来。妹妹的记忆总是停留在这一幕，她一直无法从眼睁睁地失去父亲的噩梦中自拔。

我经常站在那个水槽边，想象那一个场景，觉得像某一种暗喻。

父亲去世后，马尔经常往外跑。所有的担子都落在了妹妹身上，母亲的生活一直由妹妹照料。

妹妹一次又一次相亲，但都失败了。谁愿意娶一个带着疯母亲的女子呢？她说："我可能会孤身到老。"

妹妹跟我说，有一个男人骑着摩托车带她兜风，她坐在摩托车后座上，抱着那个男人的后腰，就像小时候父亲蹬着自行车带她的那样，她要的就是这份抱着男人后腰的感觉。妹妹说："我就想，这要是父亲的后腰就好了。那一回，我激动得掉眼泪了。"

妹妹喜欢上了坐他的摩托车，就是想寻找在水槽边抱着父亲后腰的感觉。这个男人以为妹妹喜欢他,带她去了自己的单身宿舍,把她拉到床上,要剥她的衣服裤子。她这才清醒,愤然给了那个男人一巴掌后,逃了出来。

她说,那个男人很坏,是个臭流氓。那个男人认为她精神有问题,从此不再理她。妹妹觉得,解她衣服的男人应该首先娶她,成为她的丈夫,像父亲和母亲那样,这个顺序不能出错。

我对妹妹说:"这个世界上只有一个供养你还不占有你的男人,那就是你的父亲。"

这个家里自从父亲去世后,再也没有出现过别的男人。我回到这所房子,从来不敢让男人来探望或接送。那会让妹妹觉得她的姐姐像个荡妇,好像我背叛了死去的父亲。每次回这个家,我都极其不自在,出去参加聚会涂脂抹粉,都会显得非常可耻,像是出去卖淫。在家里,我洗完头,不敢披散着头发,那在妹妹眼里会显得很放荡,仿佛我的脸上刻着离婚女人脸上所特有的标记。我要竭力装出一副满不在乎的样子,以对抗妹妹的眼光施加给我的道德压力。

爱情最终夭折了

妹妹伊娜的长相和身材很像母亲。马尔应该是最爱母亲的一个，也是最恨母亲的一个。他说，母亲把她的病传给了他。这真是耐人寻味的事情。

妹妹说："哥哥在上高中的时候领来一个男孩，他和那男孩还有我一起睡在大炕上。我和他一起去牧区做客，睡在别人家的热炕上，哥哥也是如此，他让那个男人挨着我睡。他佯装不知，一个成年男人跟一个女孩睡在一起会发生什么。危险是显而易见的，而他不认为这是危险的，反而纵容它，这到底是为了什么？"马尔似乎渴望别的男人跟妹妹发生关系，他就躺在她身旁，这一点有很多明显的迹象。他应该不是不懂男人跟女人在一起会发生什么，他的做法似乎是在鼓励妹妹跟别的男人，当着他的面发生关系。难道这样，是拐着弯满足他自己吗？

妹妹说，哥哥是来讨债的，我们对他好就是为了对得起父亲。他是父亲最疼爱的孩子。我们不是疼爱马尔，而是在疼爱父亲。

父亲刚刚去世，马尔在家的那个时期，我经常回家，回到他身边，就像回到父亲身边。马尔所在的地方弥漫着父亲的气息，院子里、屋子里到处是他的身影。他修房子、扫院子、生炉子，晚上给我们关灯、盖被子，就像父亲一样。

被查出患了双相情感障碍以后，马尔很少回家。即便回家，以前父亲做的事情他一样都不情愿做了。他跟妹妹吵架，跟我冷战，对母亲发泄不满。好像只有这样，他才是平衡的，才会暂时停止逃离这个家。

我不明白，这个家里让马尔想要逃离的到底是什么？是母亲，是妹妹，还是让他脸红的邻居家的女孩？那个时候，他还没有检查出双相情感障碍，也没有发现他的性倾向有问题。在高中的时候，他很正常地爱上过一个叫胡西黛的女孩。

马尔跟胡西黛准备结婚时，胡西黛让马尔大操大办一场有排场的婚礼，马尔不能接受这样俗套的形式，他们之间的爱情最终夭折了。

后来他去看望已经结婚怀孕的胡西黛，大冬天，胡西黛围着那条他送的红围巾，脸上的笑容亲切得难以形容，就像接一个亲人回家。

晚上，马尔看着胡西黛挺着大肚子，踩在凳子上，从大衣柜的顶箱柜里取出厚厚的棉被，摊开在床上，让他睡下。

胡西黛离开后，马尔盖着被子抽泣。

邻居家的女孩阿依夏围着马尔转，对他言听计从，马尔跟她说："胡西黛要是像你一样就好了。"

他不过是诚实地表达出他的惋惜，这句对比的话却刺伤了阿依夏。她听出，他唯独对胡西黛才有那份情感，他是在她面前惋惜一个已经失去的女人。

当时，我并不明白，他的惋惜里有着另一层意思：他对阿依夏的好感已经超过了胡西黛，但一切都来不及了，他已经不是过去那个渴望男女之爱的他了。

然而，他说的主体是胡西黛，不是阿依夏，他唯一要的女人是胡西黛。"胡西黛要是像你一样就好了"，言下之意是：阿依夏比胡西黛好，但他不需要，他要的是胡西黛的好，他只遗憾胡西黛没有像阿依夏那样对他。

那时候，他还能接受异性之爱。但自那次见了大肚子的胡西黛以后，他觉得让异性怀孕是世界上最残忍的事情。他讨厌任何仪式，不愿出席婚礼这种场合。好友要结婚，也会遭到他的挖苦。他想集结很多的人成为不婚同盟。这恰恰证明了，他被打碎的幸福梦想，再也无法捡拾、无法挽回。

阿依夏趴在他的腿上，他看到了她的乳沟，他的眼睛里充满了惊骇。

看到他的表情，阿依夏说她替自己害臊，不知怎样才能把尽失的颜面挽回来。

有一次，我带阿依夏和小非去看马尔。马尔挂在室内的男士内裤在往下滴水，内裤裆部鼓起来。我吃惊地看着，这让我猜测他是不是昨晚遗精了。他遗精的时候，会想到跟谁，脑子里出现的是什么样的画面？

流浪气质的女孩小非，一边给马尔递烟，一边抱怨说她两个月没有做爱了。马尔很自然地把她当成他的"闺蜜"，给她披上毛衣，送她去上女厕所，还夸赞她穿着他的毛衣很好看。

他爱过胡西黛,既然他希望胡西黛能像阿依夏就好了,现在阿依夏就在他面前,为什么不能接受她?阿依夏的自尊受到了伤害。阿依夏既不能回到过去替代胡西黛,也没有可能退回去像小非做他的"闺蜜",这让阿依夏万分绝望。她心里很挣扎,有点排斥马尔。

阿依夏不愿意再待下去,提出要回去,马尔有点失望地看着我说:"我送你们去车站吧。"

去车站的路上,阿依夏故意向他叙述自己和未婚夫如何地恩爱。然而这是假的,都是她编的,为的就是让他伤心。他默不作声地听完,眼睛很无辜地看着她,似乎在乞求她。她看到他流露出难受的样子,感到她终于也触痛了他的神经,就像他用胡西黛刺痛了她的神经一样,她的脸上掠过一丝快意。她叙述那些编造的幸福时,故意做出的甜蜜表情里,掺杂着一丝狠,就像一个人举着一根针,要扎到对方身体里,脸上却扮出若无其事的样子。

告诉他自己跟未婚夫的亲近,让她有种扳回了面子的感觉,自己并不是非他不可。假装有未婚夫,让她在他面前拥有了一点优越感。

马尔遗憾地对我说:"阿依夏要是能早点明白我的问题,我们会是一对很要好的朋友。我跟阿依夏那么相似,面对阿依夏,我能看到自己的灵魂。"

马尔失去了胡西黛，也没有选择阿依夏，他选择了彻底从我和妹妹的生活中消失，他说他要去打工，从此再也没有回来。

这个世界夺走了她的爱人

兰萍打电话给我，说麦秸过几天就要结婚了，她收到了请帖，是麦子交给她的。

我沉默了片刻，说："等你参加完婚礼，我们也该见面好好聊聊了。"

自从接了兰萍的电话，我总感觉心里地震了一场，好几天余震未消。世界变得干巴巴的，像龟裂的泥巴，坚硬，没有滋味。我一个劲地往嘴里塞甜食，好让身体能产生一点多巴胺。可是任凭怎样，也快乐不起来，直到兰萍参加完麦秸跟金子的婚礼，跟她约定好了见面的地点，我才如梦初醒。

兰萍约我到石河子老街，让我赶过去陪她，一起去她跟龙海过去生活的小楼看看。

我乘车到老街，下车走到了巷子口，看到兰萍在等着我，她走过来抱住我说："我真希望那天参加的是你和麦秸的婚礼。"这一抱，让我感觉到过去那个兰萍又回来了，殊不知就在我们相拥的一刹那，我与她的命运也发生了互换。

我挽住她的胳膊，跟她拐进巷子，到了那座熟悉的小楼前。有个男人骑着自行车出来，他从车上下来，把自行车靠在巷子边，让我们先走。我眼前一恍惚，感觉好像龙海跟我们相遇在巷子口。

上楼进了兰萍家，屋子里花草茂盛，显然经常有人过来打理。室内看着很有生机，却掩盖不了主人死去的那种阴气。

兰萍拉开窗帘，打开窗户。她说："我前几天来过这里，还住了一夜，感觉一切都像过去一样，只是少了他。我梦见龙海在夜里回来，走过我种满花草的楼道，摸着我们婚床上的那串紫葡萄，他来喊我跟他过去。"

她泡了两杯茶端到茶几上，在我旁边坐下来。

兰萍说："我的心死了。"她的声音里携带的悲哀，弥散在屋子的每一个角落。

"那天吃完饭，我去卫生间洗澡，他就坐在平时坐的那把椅子上，面前摊着一本书。我看他歪着脑袋，一动不动，以为他睡着了。我过去叫他，让他躺到床上休息，他歪着头不动，也不回应。我以为他在跟我玩，故意逗我，就推了他一把，他竟从椅子上跌了过去。我才想起摸他的鼻子下面，发现已经没有呼吸了。送到医院，他已经全身发紫了，就像紫葡萄一样。"

兰萍住的这个地方叫朝阳街,两边是凤山。说是凤山,其实就是沙坡。她家在两个沙坡之间,兰萍想为自己打造一条海龙。她把家里的每朵花当作龙的鳞,在二楼到阁楼的楼梯间种满了花草。她把自己关在家里,几乎不出门。这个世界夺走了她的爱人,她用这种场域来对抗死亡。

她说想卖掉这个房子,又无法忍痛割爱。她知道自己不能死在这个漂亮的坟墓里,她只有离开老街,离开这个丈夫死去的地方,才能换一个心境。

龙海去世,兰萍通知铁蛋参加了龙海的葬礼。之后,铁蛋经常来看她,给她送水果,帮她扛煤气罐。他对兰萍说,她可以不嫁给他,但他这一辈子的愿望不会变,那就是娶她做妻子。

兰萍说:"我问他,你为什么非要娶我?我四肢不勤,五谷不分,从小没干过农活,根本不能适应农村的生活。他的回答很奇妙,我以为他在开玩笑。他说,他喜欢我穿着雪白的乳罩傲气地从他面前走过。"

我见过兰萍的乳房,鲜红小巧的乳头配着雪白浑圆的乳房,像两个喜馒头。我还记得,兰萍少女时期的的确良胸罩,从前面看高耸坚挺,走起路来晃晃悠悠、颤颤巍巍的,胸罩的宽带子在背后打了一个雪白的大叉叉,像某种禁用物品的标志,若隐若现,充满神秘感。这对于那时候在农村的乡下男孩来说,确实有种致命的诱惑。

他争不过一个死人

面对我，兰萍不停地诉说，恨不得把这些年的生活一股脑倾倒出来。

兰萍跟铁蛋结婚后，发现铁蛋喜欢喝酒打牌，经常喝得酩酊大醉。

铁蛋总是说，兰萍不爱他，她爱的是死去的那个龙海，他争不过一个死人。

有一天，铁蛋回来得很晚，铁蛋让兰萍起来，为他烧一壶浓茶解酒。兰萍心里不痛快，不停地抱怨。铁蛋把她从被子里拉出来，扔到雪地里，关上了院子的栅栏门。她躺在门外哭得死去活来，等着铁蛋来拉她回去。她等了一个钟头，差点冻死在门外。兰萍躺在雪中想讨铁蛋心疼，铁蛋看都不看她一眼，从她身体上跨过去，说要去找个女人给他烧茶喝。

兰萍变得经常失眠，患上了三叉神经痛。为了安慰疼得要死的自己，她用各种残忍的自虐办法镇痛，她开始嫌弃自己的身体。三叉神经痛发作时，兰萍甚至用各种方式激怒铁蛋，让他打她，以受虐的方式麻痹疼痛。她无法忍受疼痛时，干脆以酗酒来麻醉自己。

"结婚到底有什么意义？"她失神地看着我。

她一遍遍地向我讲述铁蛋醉酒的场景：他在人行道边

打滚，他扇她耳光，她一次次试图扶起烂醉如泥的他。有时候，醉倒在地上的是她，嘴里喷涌而出的秽物，黏结在她的脖子和头发上。

我灵魂出窍般冷眼看着她，感觉倒在地上大口大口呕吐的人是我。这种奇怪的感觉慑住了我，我想扶起躺在地上恶心呕吐的自己。

我两眼紧紧地盯着兰萍，我很熟悉这样的场景，像是见过无数次。这样的事情，怎么可能发生在她身上？

我坐在那间阴气四起的屋子里，她说到倒在地上的酒鬼时，我恍惚间有种幻觉。我脑海中还原了幼年时的一个场景：夜里父亲喝得酩酊大醉回来，要母亲扶他去撒尿，母亲没法扶起醉酒的父亲。我看着他倾斜、歪倒在地上，尿液从他的裆部渗下来，在地上浇出一片水汪汪的泥汤。母亲呆呆地站着看着，父亲抡起巴掌向她扇过去，母亲应声倒地。她说的铁蛋，像极了那个喝醉了，倒在大梁坡星光下的父亲。兰萍像极了我母亲当时的样子。

我远离巴掌多少年了？巴掌在我的记忆里几乎代表了父亲，只有他有这个权柄。我心底的血泪被巴掌翻搅起来。我紧咬着嘴唇，像一个嗜血的人，咽下嘴里血泡破裂后的那股浓浓的咸腥味。

我就来自母亲的血液

我给兰萍详尽地描述，我跟麦秸是怎样被父亲的巴掌打散的。我说："他喜欢打人。他喝醉了，情绪失控，经常会打我母亲。"我的语气不像是在诉苦。我对自己被父亲打，毫无羞耻感。

"我跟你不一样，从小到大，父母从来没有动过我一个手指头。"兰萍很抗拒铁蛋打她这个事实。

只有父亲打过我。我快速地检验了一下记忆。我的脑子里有什么东西微弱地闪了闪，像划过几粒火星子。原来打我的并非只有我父亲，还有田夫。他抓住我的头发往墙上撞，我被撞成了脑震荡。我想起了妹妹陪我留宿麦秸家的那个屈辱的晚上。再后来，我就不愿意回忆下去了。我也不明白，为什么打我们的往往是至亲，相爱的人却相互伤害？

"你改变不了他，你只有离开他。"

"他对我那么粗暴，我会离开他的。我受不了他的暴躁，我没法麻木不仁。他不喝酒的时候，我也会害怕，他会不会突然变得很凶？有时候，是我自己引火烧身，三叉神经痛让我痛不欲生的时候，我恨不得被他揍一顿。"

兰萍说："龙海死后，我得了自闭症。我觉得，铁蛋有偏执性精神障碍。他半夜醉醺醺地回来，我问他干啥了？他就回答我，他去跟野女人上床了！"

兰萍讲述时，我在对号入座。兰萍扮演了我母亲，一个患嫉妒妄想症的女人。铁蛋扮演了我父亲，那个暴跳如雷的男人。

兰萍已经给了我想要的答案。我从她的语气中成功地捕获了我想要理解的父亲和母亲的样子。

"接下来，我不可能继续做他的女人了。我真是认错人了，我真是瞎了眼，看错了他。"

我庆幸兰萍竟然认识到了这一点。

"你必须离开他。他伪装成爱你的人，实则在报复你。因为你当初拒绝了他，嫁给了龙海。他为自己那些年忍受的屈辱和痛苦而报复你。"

"我允许他离开我，可他不让我走。他说，他有精神病，所以他打我也不犯法。他感谢我用一个病症命名他——偏执性精神障碍患者。我也喜欢上了自闭，这可能是我这么多年都没找你的原因。"

说到这里，兰萍突然问我："你母亲得病，是在生你之前还是之后？"

"无关出生前还是出生后，那个病症一直埋在母亲的血液里，谁也赶不走它。我就来自母亲的血液。"

"如果我明知道这样还不离开他，是不是证明我愿意继续跟他相守？"

"两个相爱的人，也会相互伤害。两个互相伤害的人，也会相互需要。"我知道，兰萍已经离不开他了，有的婚姻就是靠相互伤害继续下去的。

兰萍说："人们还在玩爱情的游戏，我已经不相信这一套了。"

"我觉得爱就是一种幻想，谁给你的幻想最多、最持久，谁就是你的最爱。"

"那你爱的就是一个幻影。"兰萍的眼睛亮了一下。

把错觉维持下去

母亲失踪了，她在一个夜晚出走后，再也没有回来。伊娜说："母亲真是没有那个命跟我去住大房子。"

妹妹嫁给了比她大二十岁的贾万才，如愿住进了他的大房子。贾万才也有一个疯癫的母亲，永远在出走，意识永远在迷失中。

贾万才不大愿意面对他母亲，却极细心地照顾着伊娜。伊娜在她所有能够动用的时间里都在寻找母亲，像极了一个出走不归的迷失者。这种貌似正常的失常，像是母亲的一个翻版。

他母亲病重期间，贾万才在墙上凿了一个小孔，用来监视他隔壁的母亲。他母亲把这个小孔当成他的嘴巴，踩了凳子爬上去，往小孔里喂饭，这在贾万才看来简直是一种恐怖行为。

他不能忍受他母亲的精神失常，看着伊娜身游四乡、魂游八荒地找她母亲。他说，伊娜是带着清醒的意识出游，最终会自己走回来，他母亲则是没有意识地乱走。

伊娜替代贾万才享受对他母亲的照顾，这种置换牢固地维系着他们的关系。贾万才和伊娜都沉醉在这个置换中。

贾万才照顾了他母亲几十年，现在心甘情愿地把爱放在一个有意识的正常人身上。每次，贾万才的母亲出走，伊娜满大街地寻找，看起来比贾万才还着急。"我必须到处去找她，他妈真是让我心力交瘁。"伊娜同时寻找的恐怕还有那个走失的亲生母亲，她的这部分意识不可能醒来。所以，在母亲出走后，她一直热衷于寻找贾万才的母亲，她喜欢上了寻找带给她的那种希望感。

贾万才的母亲去世后，他干脆将伊娜看作他母亲的化身。伊娜享受着贾万才双重的爱恋——活着的体贴和死去的想念。

现实世界太坚硬，必须有一些柔软的维系。可能，有些人的爱就是一种错觉，贾万才和伊娜都用错觉的方式，脱离了一部分不愿意面对的现实。他们延续爱的方式就是把错觉维持下去。

换了一个母亲来照顾

母亲走迷了路，失踪了。贾万才恰好有一个需要天天寻找的母亲，满足了伊娜追寻母亲的愿望。正是这一个共同点，让伊娜对贾万才母亲每天玩消失，产生了一种对合理行为的忍让。伊娜说："当初母亲在的时候，别人都不愿意我带着母亲嫁过去，万才没嫌弃过我有个疯母亲，我也不可能嫌弃他母亲。"

伊娜经常魂不守舍，借故寻找母亲，糊里糊涂地四处乱跑。她无数次骑自行车走错路，永远不长进。村里到镇里本来一个小时路程，她七拐八弯地走了两个多小时，还在半路上荡悠。她经常不能在预定时间回到家里，让贾万才提心吊胆地等待，心急火燎地找她。贾万才熟悉这种寻找和等待的急切，他一边抱怨一边找伊娜，一边陷入寻找母亲的错觉。对于意识错乱的母亲，焦虑和抱怨不起作用；对于伊娜，这些至少是奏效的。

看到他心急火燎的样子，她会很无辜地解释："我骑到一个没有走过的岔路口，想找找我妈会不会走到其他路上去了。后来，我找不到回来的路了，差点回不了家。"伊娜迷恋这种走错路的感觉，这能让她体会到母亲是怎样迷失不归的。在贾万才听来，伊娜的声音已经转化为他母亲的声音，仿佛这种反馈是来自他母亲。贾万才不厌其烦地让这种错觉一直持续下去。贾万才感觉他照顾的,依然是那个不能辨认道路、经常迷路的母亲。

贾万才很满足,他换了一个母亲来照顾,母亲需要的照顾,他都给了伊娜。他的母亲换了一张年轻的脸,还有可以合理占有和传宗接代的身体。这就是生活的合理逻辑,看起来一切都很正常,好像本该如此。

不要让这个世界碰我

父亲早逝,母亲疯癫,弟弟离家出走一去不回,妹妹一生都在寻找走失的母亲,我无依无靠,难道命运早就注定如此了?

毛子一到中山,就打来长途电话,问我喜欢吃什么。我说,小时候,我最喜欢吃薄皮包子、糖包子。

他在电话那端呵呵地笑了,说:"我给你寄一点岭南特产吧。"

半个月后,我就收到了他从中山寄来的一封信和一只电子手表,还有两袋桂圆。他让我寄一张照片给他,说要让家人看看他选的媳妇。我也只当是玩笑,寄了张穿旗袍的艺术照给他。

他回信说,他家里人很满意,如果我愿意嫁给他,他不出半年就来娶我。我觉得有些不可思议,他连我确切的年龄、有没有结过婚都没有问过,相隔几千里,要跟一个只见了一面、吃过一顿饭的人结婚,即使他愿意,我能相信他吗?

我的生活被毛子的书信和电话占据,这段异地恋很快进入了谈婚论嫁的阶段,我只好告诉他:"我离过婚。"他说:"离婚是一种进步,离婚的女人不是婚姻货架上的次品。"

"我去到那边怎么生活?"

"跟我一起生活。"

"跟了你,会不会饿着冻着?"

毛子说:"冷了来我怀里,我用毛毯裹住你;饿了我给你烤馕,做薄皮包子、糖包子。"

我笑了。我对毛子说:"我嫁给你,你就做我的屏障,不要让这个世界碰我,你去对付这个世界,隔着你,世界就安全了。"

我卑微到要用婚姻来换取生存和安全感,这让我处在极度的不安之中。

婚姻是完全世俗化的。我跟他谈婚前给我多少聘礼,谈婚后钱谁来管,甚至谈到我去广东的路费谁来出,婚宴办几桌。没想到,他都痛快地答应了。我考虑再三,决定嫁给他。

半年后,毛子带我离开了县城,来到了中山生活。

在中山，毛子骑着摩托车在城市、乡下到处跑，帮人家修理煤气灶、清洗油烟机维持家用。儿子出生后不久，为了多赚点钱，他常驻武汉搞销售。婚后的日子聚少离多，陌生的城市让我觉得很孤单寂寥，只有儿子陪伴着我。我常常怀里抱着儿子，望着外面发呆。

露台外面的两棵杧果树，一棵站在马路对面，很沉稳，还有点腼腆的样子，在风中也不怎么摆动，木讷地站着看我。路这一边，离我近的那棵树摇首摆尾，好像要把手伸过来拍我的肩膀，很喜悦地垂到了露台上，像要拥抱我、安慰我的样子。

有几分流落他乡的漂泊感

我喜欢中山的各种植物，离家不远有一个巨大的植物园，我经常带儿子去里面散步。我喜欢去辨认那些木瓜树、香蕉树、龙眼树、黄皮树。冰箱里，跟龙眼一起，放着几串我跟儿子从五桂山下的桂南村摘来的黄皮。初嫁到中山，我怀着浪漫的想法，将五桂山满山的黄皮和龙眼都看作是自己的聘礼。一想到父亲离世，母亲失踪，我离开马尔弟弟、伊娜妹妹远嫁他乡，心里不免有些酸楚，有几分流落他乡的漂泊感。

正值酷暑天气，毛子搞突然袭击，从武汉回来了。他告诉我："麦子到珠海出差，打电话给我说，要来中山看看我们，我就赶紧飞回来了。"他特地去了沙岗墟买了食材，说要亲自下厨，给麦子做一顿广东菜。

这个两居室的屋子，是我们母子二人相依为命的生活空间。除了毛子偶尔回来住几天，没有接纳过任何客人。

听毛子说，麦子要过来中山看看我们，我没有表现出很意外的样子，反正麦子也是毛子的熟人。

广东热得像馕坑，在毛子到来之前，我总穿着裤衩、背心、拖鞋，睡觉预先铺上三层白纱布，吸掉身体上的汗水和油脂，不然床上都是湿淋淋的。

我原本觉得，自己嫁作他人妇，对生活、对世俗已经妥协，可以卸下红装，不用再爱美如命。可麦子到来的前一天夜里，我将红木柜子里的衣服倾倒而出，一件一件试了个遍。

第二天早上起来，我好像换了个人，穿了件丝质旗袍，坐在镜子前化了个淡妆，用指甲油涂了指甲，又往耳根和腋下喷了点香水。毛子看着我，有些醋意："除了你寄给我的那张穿旗袍的艺术照，我从没看到你穿旗袍，打扮得这么漂亮，浑身上下香喷喷的，像个恋爱中的女人，连眼珠都是湿润的。"

我面无表情地坐着，一言不发。

他并不认为，这湿润是为他泛起的涟漪。他一下子就明白了，我眼角的湿润与麦子有关。他知道，我看他的目光一直波澜不惊，难有水波荡漾。

毛子对我的情感经历，变得超乎寻常的关切。对麦子的到来，他显出极度的不适应。我和麦子的事，我对他轻描淡写地说过一点，他担心我对麦子的情感还停留在过去，只是我不自知罢了。我心里在意毛子的感受，怕我对他造成伤害。

我此生本该归属他，我不能背叛他。麦子进了家门，我就把他交给了毛子。

毛子和麦子这一对酒友，把他们的酒场从遥远的北疆小镇搬到了岭南小城。他们从屋子里喝到夜市，又喝回门口的大排档。他们喝他们的，毛子没有让我参与他们的酒局。我不知两个大男人对饮了大半夜，他们会谈论些什么，毛子会问麦子关于我们的过去吗？

像是对霸占的霸占

那天夜里，毛子跟麦子半夜喝完酒回来，麦子睡在了外屋毛子平时睡的小床上。半夜，毛子不顾儿子睡在我身边，满嘴酒气地向我黏过来。我躺在他身边，觉得自己满身污浊，浑身紧张僵硬。毛子拽着我的腿，拉到光光的地板上，故意弄出很大的动静，似乎在向睡在外屋的麦子示威。

我就像在梦里，身体在用记忆折磨我，逼迫我翻找我孕育胎儿一般孕育过的那个他。我将他藏在羊水里，要潜入很深，才能触及。潮涨到最高时，我会与他重逢在水底。那感觉酷似低压下的缺氧、痉挛，从我的身体里挤压出苦涩的羊水。

有时，我好像在山巅，呼吸像悬崖一样陡峭。我独自艰辛地攀爬一面又一面绝壁，抽搐夹杂着晕眩。终于要登临巅峰了，我癫狂地喘息、低低地呻吟，瞳孔在黑暗中寻找一丝光亮。我感到他的身体已经颓然抽离了，这只是我一个人的私密约会。身体里如潮水倒灌，最后化为一声叹息，冰凉的泪水沾湿了我的头发和臂膀。我从孤独的峰顶跌落到枕头一角，保持着一个自己拥抱自己的姿势，一动不动。

夜很深很深，深到变成了另外一种东西，给我一种虚无的感觉。我觉得，自己也要化成另外一种东西，才能深深地潜入这夜晚……

早上，我一边往毛子昨晚抓伤的腰部贴上创可贴，一边看自己淡黄的肚皮。这是他使用过的身体，一个星期以来，这具身体如此受苦。麦子在隔壁却毫无知觉。一个星期不是没有挣扎，身体积蓄了几个月的能量被开启后，不管不顾地按照自己的意志去运行，我在用这具身体和情感去体味另一个人。

麦子的到来，把我拉回到十年前。那时，我大学毕业，刚开始工作，在单位的公共澡堂里，有一个赤裸的中年女人紧盯着我赤裸的身体，嘴里嘟嘟囔囔地说着什么，有点怪异，弄得我也很紧张，仿佛自己的身体做错了什么。后来，老一点的同事告诉我，那女人原来很漂亮，失恋了，精神有点失常。

我至今还记得，那个疯女人在澡堂里问我的那句话："我有男人喜欢我的身体，有男人喜欢过你的身体吗？"

我不知道，为什么我会激起她这样的问话？

赤裸着面对面，我们对彼此却一无所知，我不知道她经历过什么。她的疯言疯语让我即刻愣在那里。我以为，是我的裸体和我骄傲的样子刺激了她。

那句话的意思，到了十年后，我才有些明白。

我们总是在拥有的时候才敢回忆失去的，以平衡自己。当我孑然一身的时候，很少想起这些。当麦子和毛子这两个男人同时在身边时，想起她的话，我突然懂了，也一下子能想象到，她为什么那么在意自己的身体。如果现在我与她对话，我可以回答她那个莫名其妙的问题了。我有了男人，在她面前依然没有什么可以骄傲的，似乎没有哪个男人喜欢过我的身体。这么多年,也没有一个男人让我的身体真正快乐过。

我在一个男人身上寻找另一个男人。他是我身体的掌门,埋在我的身体里,很深很深才能触及,一触及那个点,我的眼泪就流下来了。我要找的那个男人永远不是我的。

当麦子把我的灵魂拉向一个方向的时候,毛子把我的肉体拉向另一个方向。肉体遭受惩罚时,魂魄四散;灵魂遭受惩罚时,肉体在旁观。我像在一场噩梦里,我救出一部分自己,另一部分却在沉沦坠落。

我只震动了空气

直觉告诉我,从麦子进了这个家门,我和麦子的目光相撞的那一刻,毛子应该就明白了,麦子那里有他无法霸占的位置,他要用粗重的喘息和地板的声响告诉麦子:这里也有你无法霸占的一块领地,一直被我统治着。他像是对霸占的霸占。

这让我想起田夫在第一个夜晚霸占我时,弄出很大的声响。那时,他是故意让外屋里躺着的父亲听到,向父亲证明已经成功地征服了他的女儿。

我豁然明白,这几个我生命里的男人,他们分别成为我的精神和肉体的统治者,我一直被他们分裂。我三十多岁了,麦子掏空了我的心,毛子掏空了我的身体,我担心连记忆也要被岁月掏空。这么多年,我从来不曾完整地属于过自己。心是自由的,想靠近哪一颗就靠近哪一颗;身体却不是自由的,想靠近的不能靠近。

我带着麦子观看我居住的中山,我棕发齐腰,穿着晚庭红枫法式水墨印花露肩宽松长裙,飘动在他眼前。我抚了抚裙子的下摆,这是我的嫁衣。他边走边捕捉我的目光:"你身上仍然有能够伤害男人的能力。"

我会伤人吗?他的话听着不着边际,那个被我伤害的人,指的是他自己吗?我什么都没有做,什么都没有说,我只是震动了我周围的空气。我的心隐隐地痛,我分不清,谁因为我受到惊扰了吗?是我抢占了什么不该抢占的吗?

"我只震动了空气,别的什么都没动。"

"有的人,她的存在,就对别人构成了伤害。"

"我该为我的存在而忏悔。那些年月,我伤害过星子,伤害了金子,还有麦秸,现在又在伤害毛子……"

"我也应该忏悔,为这辈子没有能跟你在一起忏悔。"

麦子来我家看我和毛子,如同我过去到他家看他和星子以及他们刚满月的孩子。这次,他成功地以他的存在,让毛子怀疑自己的存在,就如同当年我的存在,让星子怀疑她自己的存在。

那只是生命中的某一夜

送走了麦子，毛子和我路过富华车站门口，买了几个番石榴，回到家里洗了洗，盛在盘子里，放到茶几上。我捏捏番石榴，它们已经变得柔软了。它坚硬的时候那种销魂蚀骨的香淡了，可能已经释放到尾声了。有些水果在坚硬的时候，保持它本来的香味最多；等到它变得柔软了，它的香就由外在收进了水果内部，变成了香甜，不再是喷薄而出的香气。我知道，这个时候它也接近腐烂了。

一个星期后，毛子也走了，我发了一个星期的高烧。再一个星期以后，身体渐渐恢复了，我开始用理智思考，发现跟麦子和毛子共同度过的一个星期是毁灭性的，我的身体在以抵债还债的方式赎回自己。麦子在远方对这具身体上发生的一切毫无知觉。本来分居两室的两具相爱的人的身体，彼此应该有感应的。一具身体的情感、疼痛、欢乐，随时都会传导到另一具身体里。现在，这种身体语言都停止了，两具身体相隔几千里，身体连接的信号越来越弱，熟悉的身体不甘心被隔离，理智似乎在翻译身体的语言和情绪。我很难区分那一个星期到底是我失去了理性，还是理性失去了身体，或者是身体失去了理性。

我打开麦子送给我的诗集，里面夹着一页他手写的诗：

隔世情语

这一生的人和事都将成为

我们的爱情的背景

我已经不在乎

没有结局

也许就是最好的结局

当那个穿着枫叶衣衫的女孩

褐色的长发连接黑色的夜

河流一般流过我的青春年月

戈壁滩上流淌着爱情的气息

如果有那么一夜

那只是生命中的某一夜,如果没有

那就是生命中的任何一夜

只想静静地拥有你

感受你的全部。今生

我为你写下的每一行诗

都会从生命的根部

开出合欢花一样的希冀

在空茫一生的最后角落

我情愿把自己活成一句

隔世情语

麦子走后,过道里有股香烟味。久违的香烟味,让我很纳闷。我把烟头捡起来塞进垃圾袋,准备把它扔到垃圾桶里去。我心里的忧郁掩藏不住。我知道,这烟味儿只是偶尔才有,很快就飘走了,所以挺好闻的,不会像门口的那些蚊子,整个夏天都围在我的门缝边,嗡嗡嗡地等着,让我一想到开门就心里烦躁。

那是对我过去生活的复制

命运弄人,时光弄人,麦子只来看过我这么一次,然后再也没有出现在我的生活中。关于他和麦秸的那些记忆却成为我生命里的盐和油,在孤寂落寞时,被我搬到眼前,像电影画面一样一遍遍地回放,来调剂单调无味的异乡生活,关于他们的记忆,转化为我对青春和故乡的记忆。他们是我生命里的骆驼刺,为我供给着疼痛和养料。

在现实生活中,我失去了他们,在记忆中他们留下的疼痛的烙印新鲜如昨。我没能成为麦子或麦秸的妻子,而成为了毛子的女人,与他在一个屋檐下,转眼生活了三十年,我的儿子都到了我第一眼看见麦子的那个年龄了。

儿子要装修我们住了三十年的旧房子,毛子不让动,他说:

"谁敢动我们的老根基?"

我想起三十多年前麦子对我说过的一句话:

"房子不是人的根。"

我当时不以为然,认为他在为自己离开我跟星子结婚找借口。现在,我忽然理解了他当时的心境。可我依然不明白的是,那什么才是我们生活的根基呢?

儿子把怀孕的女朋友带进了这所房子,安排她住下来,他说:"喜喜是我们家的人了,以后无论她说什么,不管说得对还是错,你都说好就行了。"

孙子出生,喜喜的母亲来照顾月子,喜喜心安理得地住下来,养孩子、过日子。

我怎么能再跟儿媳妇抢夺地盘?我只能离开。

我干脆租了房子,一个人搬了出去,用手机从儿子安装的监控屏幕远远地看他们的生活。

毛子找了诸多理由,不肯搬出那个屋子。在毛子眼里,我们过去的生活,被他们霸占了,我们过去那个家散了。我跟毛子说,我们各自过各自的生活吧。对那段我早就想丢弃的生活,他心里还是蛮留恋的。

我从监控里看到,在过去我跟毛子睡的大床上,儿媳妇跟她母亲在缠毛线团,儿媳妇穿得很少,屋子里应该很热。

儿子和他妻子住在我们曾经住过的房子里,完全扮演着我和他父亲的角色,继续着与过去一模一样的生活。在这间我陪儿子长大的屋子里，床、冰箱、饭桌和洗衣机的位置，都不曾挪动。

喜喜在替我过我过旧的日子。那是对我过去生活的复制，也可以说成是延续。隔着距离看这段生活，那是我已过厌了的想要逃避的生活，被儿子和儿媳妇接着过下去。我有种带着释然的满足感，至少那些日子没有像垃圾一样被丢弃，旧的生活在这所房子里原样保存下来，被儿子、儿媳妇捡起来过下去。

我又回到了做母亲的状态

年过半百，我再一次走向幼年的"儿子"，我又可以像他小时候那样拥抱他，不管不顾地亲吻他。我又回到了做母亲的状态，在我面前的他仍然两岁半，只是我被奇怪地改了一个称呼——奶奶。

他会大叫："奶奶，为什么你每次一见到我，就咬我的背啊？"我说："你爸爸小时候，我就是这么咬你爸爸的背。"

一转眼，我已是做奶奶的人了。

有时候，我从监控里看着儿子一家的生活，似乎我早已经离开了这个人世，我的灵魂附着在那个监控器上，从天上俯瞰他们。我不参与他们的生活，我只是从天上往下看。有一天，也许我会真的在天上，用这样的视角看着他们生活。

岁月会把几个主角更换。

那是我与丈夫和儿子的家庭生活的重现。在一模一样的空间，一模一样的家具之间，他们复制了我们曾经的生活。

相同的环境，一切似乎都在原来的位置上，时间停顿了下来。丈夫换成了儿子，儿子换成了孙子，那个清瘦的女子代替了我。她穿着宽松的睡衣睡裤，扎着松松垮垮的马尾辫，在餐厅、客厅和卧室之间穿梭往复，复原了我的当年。那时候我活着，像她现在这样活着，带着牙牙学语的儿子。

现在的我在哪里？我活在监控这一端，就像在世界的另一端，生命的另一端。

有一天，我不在人世了，监控里我看到的这一切还会继续。他们不在了，这一切也会继续，时间会把几个主角再次更换。

儿子在那一端的监控镜头里沉默着，似乎感应到我在这一端看着他们。他当初坚持不肯搬到新的婚房，也许觉得只要牢牢占据了这个屋子、这块地盘，生活就会像他希望的，就是现在这样——什么都没有变，都是原来的样子。

他对我说："我曾经跟我妻子说过，在我心里占第一位的永远是我的母亲，第二位才是她。"

我倒是愿意他一直用这样的甜言蜜语哄我，喜欢儿子用亲吻来分裂我。深夜加班回来，他经常摸黑进我的房间，准确地摸到我的胳膊，从手臂一直吻上来，动作之准确完全不像一个高度近视的人。他闻着气味，就能找到我身体的每个部位。他比任何人都熟悉我身体上的气味。从后颈、侧脸，吻上额头，嘴唇在头发上停留，似乎在嗅我头发的气味，然后在黑暗中蹑手蹑脚地离开。

母子是血肉捆绑起来的感情。似乎儿子并不因他有了妻子、孩子，就淡忘了跟母亲亲昵；或许妻子跟他的亲昵，加固了这种感觉，再度唤醒和复苏了我与他之间的爱。

毛子被我强行从那所房子里拉走。他以为牢牢守住这所房子，以前的生活就可以继续，他说："他们就是存心要把我们逼走。"

岁月不饶人，毛子也老了。我宽慰他："我们被新出生的孙子挤了出去，是开心的事情。我们都是时间浪潮夹击下的小水珠，新旧交替，谁都不能幸免。你不可能拉住时间，不让它流逝。"

儿子对我说："你们不在，这个家没有家的感觉。"

这种说法对于我是真假参半的安慰。我满怀悲悯地看着儿子，过去的时光再也无法倒回。

我看着监控里儿子一家三口的生活。儿子打开抽油烟机，躲在厨房里抽烟，孙子趴在厨房的玻璃门上看着背对着他的爸爸。我能想象，他给爸爸打掩护说："爸爸没有抽烟,爸爸在烧饭。"

以前毛子也会在吃饭时,从餐桌前突然站起身,走进厨房,打开抽油烟机,背对着厨房门抽烟。

一模一样的场景,我能想象媳妇说着一样的台词:"别让我们每天抽二手烟。"

我替挨了媳妇骂的儿子尴尬,却忘了当初我也是这么对毛子的。

喜欢和需要根本就是两码事

更多的时候,我关注孙子就像过去关注儿子那样,我的心似乎放在了孙子身上。

两岁多的孙子骑在海绵枕上,摩擦得很兴奋,姿势酷似毛子,这让我突然从心里原谅了毛子。即使他把我当作海绵枕,那又怎么能怪他呢?这是连两岁的孩子都需要的,况且一个正常的男人,他还有力气想要一个海绵枕头,正好触手可及处又有一个,我能怪他吗?那是我的不人道,况且他只要我这个海绵枕头,凭什么我还不情愿呢?

我不可能剥夺孙子的海绵枕头,我只是怔怔地看着,阻止和不阻止都是不对的,我只想走开。

我丢下监控里的孙子和海绵枕头,想独自静一下。

我把房间的窗帘拉得很严实。儿子小时候总是埋怨我，房间里黑得像电影放映厅。有一天，他突然改变了，说："我终于知道，你为什么在每个房间都拉上三层窗帘了，幽暗的环境就像母亲的子宫一样，让人觉得很安全。"儿子和我都喜欢躲进幽暗中。

当我需要光线照亮时，就必须拉开窗帘。喜欢和需要根本就是两码事，道理就是这样，毛子懂，而我一直不懂。

孙子更喜欢他妈妈怀抱里的柔软感，在他心里，我没法替代他妈妈，他只好用海绵枕头来替代。我突然想到不知谁说的一句话："孤独每个人都有，走向母亲成为永远的隐喻。"

我想起了父亲的亚斯图客（枕头），油腻腻的，散发着父亲和母亲的脑油味儿。在我们家族的词典里，枕头从来就是一种象征和暗喻。难道基因有那么强大，生活的修辞都遗传给了孙子？

一个失散多年的亲人

我要回一趟阔别三十年的县城，受邀参加一个"北疆诗人回乡行"诗会和采风活动。收到邀请函，我第一时间打电话给麦秸，他毫不意外地说："我知道，你在来参加诗会的诗人名单上。到了以后，你不用通知别人了，我来接你。我是最合适接你回乡怀旧的那个故人，可以带你走走老路，忆苦思甜。"

我打电话给兰萍，跟她寒暄了一会儿。她在电话里有点期期艾艾的，我打断了她："兰萍，这次来，无论如何，我一定要见到你。到了宾馆，我会告诉你房间号。我会一直等着你，不见不散。"

三十年不见，麦秸没有太大的改变。看见我从大巴上下来，他的笑容亲切得让我难以置信，好像看到一个失散多年的亲人。

我那个红色超大旅行箱挺考验麦秸的体力。他吃力地把它从大巴上提下来，扛到了马路对面，放进浅棕色的别克车后备厢里。看着他额头渗出了细密的汗珠，我有点心疼。我用他过去的诺言平复了内心的一丝感动。三十年前，他结婚了，我提起沉重的箱子远嫁他乡。在他那些"非你不娶"的动人诺言面前，他提这箱子，简直是一件微不足道的事情。他或许记得，我送过他黑白格子的羊毛围巾。要不然，不至于当我告诉他我要回来时，他做的第一件事就是要了我的地址后，不远千里寄了羊毛围巾给我。这次，他又抢着来接我，他做的事情处处情深义重，件件直抵人心，让我动容。假使，他心里没装着过去，他肯为我做这些事情吗？

路过农场，他带我去那里的新华书店，证明他记得我跟他说过，在这里，少女时期的我找过他爱看的书，想到有朝一日跟他再去看看，他完成了这小小一诺。我为他对此事的在意而暗怀欣喜。

　　看完了书店，回到车上，麦秸后脖颈上的汗珠滑到细格子T恤的白色衣领里。正午强烈的紫外线将我逼到了后排的座位上，麦秸将脖子往后伸过来："坐到我旁边来，前面视线好一些。"

　　我跳下车，换到副驾驶的位置，一只手挡着阳光，另一只手拉下了眼前的遮光挡板："这阳光烈得让人都想讨饶。"我从随身的黑色小包里掏出墨镜戴上。

　　看我躲避阳光，麦秸的目光一直追随着我。等我坐定了，他把头转回正前方，开动了车子。

　　我想起上大学那年，麦秸跟我一起搭车送我到乌鲁木齐火车站，他坐在我的身边，我一路看着他的侧脸。麦秸的侧脸一点也没有改变，我能从这个侧面复原三十多年前那硬朗的线条。他时不时指一指路边，这里是九公里，这里是五公里。这两个以里程命名的地名，我第一次是从田夫嘴里听说的，这是以前我跟田夫回他县城的家时必经的地方，我更愿意对这两个地名保持全然的陌生感。这两个地名现在从麦秸口中说出来，带着浓重的农场口音，跟麦子说话的声音很像，我心里不断闪现过去跟麦子路过这里的情形。

河滩边开满了野花

　　车沿着我那时经常往返的老路走走停停，县里到镇里两个小时的路程走了一个下午。我一路都在捡拾三十多年前的记忆。用一个下午的时间能回到从前吗？

　　路边开着我从未见过的花，那些花开得十分突兀，仿佛谁赶在我路过之前，把它们插在泥土里，为了提示我一些什么。如此繁多的黄花，醒目到了扎人眼，与路两边露着褐土的光秃秃的地表很不协调。这陌生的植物，在我的记忆里从未存在过。它们争相斗艳，想要告诉我一些什么。陌生的花草吸引了我过多的目光，反倒分散了我怀旧的心思，使得一路的景色在我眼里如同初见。

　　我猛然间醒悟，我在寻找熟悉的植物——骆驼刺。早年路两边的骆驼刺现在去了哪里？我期待着它们熟悉的尖刺扎过来，扎进我的视线。如果我的生命是一片瀚海，那么必然有无数的骆驼刺。生命是由无数骆驼刺构成的真实，每一根刺都会在我心头扎下一个记忆，或者喜悦，或者疼痛。我内心关于爱情的那些记忆，也只是我命运中的几根骆驼刺。我一生中所有的骆驼刺，它们长在生命的沙漠上，顽强而突兀，似乎隐藏着生命之谜的终极答案。

挡在正前方越来越近的大大小小的沙包，像是不断拉近的一个单调的镜头。记忆突然亮了，这里是麦子第一次送我回家时，那个河水泛滥的戈壁滩，他要背我过浅滩，被我拒绝了。我看到了十七岁的自己，正挽着裤腿，蹚着水过去，麦子说："怕你像一朵水莲越漂越远。"现在我又漂回了这里，滩上开满了野花，当年要背我的那个人，这么多年来背负的是没有我的那些岁月。

我为什么要修复那些千疮百孔的记忆？那些随时间的流逝变得模糊的记忆，三十年后会显出另外的意义吗？

我经历过的那些事情，真如我记忆的那样吗？

我庆幸，自己记忆里保存的麦秸的形象与现在他的样子高度贴合。我把目光探向他的五官，它们丝毫没有走形。那么，时光呢？三十多年时光，是怎么从他身上流过的？这张脸上似乎没有记录。他的表情，他说话的口气，也未曾改变。

"你不怕太阳晒？"

他大概以为我是怕把皮肤晒黑了，扭过脸来对我笑笑说："男人晒黑点怕什么。"

也许是我太敏感了，他像是故意避开我们的过去，总感觉他像一个多年不见的好朋友，很周到地照顾我。

记忆纷至沓来

我很想绕到三十年前这个话题上。他一路上谈笑风生，唯独不表露，也从未暗示的，只有那个冬夜，道班房里那张窄窄的、寒冷的单人床上他的承诺。

我很想知道，对于我们的过去，他心里到底保留了多少记忆？这样的酷热里，很难把它与那个严寒蚀骨的道班房的夜勾连起来，他能想起那个夜晚发生的一切，还有他说过的那些话吗？我希望这是我们的共同记忆，而不是只扎进我一个人生命里的刺。

我不知道，麦秸脑子里删除了哪些跟我有关的记忆。删除记忆也许不会像切除身体的某个组织那么疼痛，那些创伤性的记忆突然有一天在疼痛达到某种极限时，像灌满了声音的录音带戛然而止了，像录音磁带绞带后断裂了，就连仅有的一点残存部分也因为受潮变质，在回放时发出刺耳的杂音，最终什么痕迹也没有留下。那么多年的时间里，那么多记忆按钮都处于关闭状态，那些记忆的声音和图像究竟被锁进了哪里？如果打开记忆大门的钥匙丢了，它们就这样无声无息地从我们的生命中消失了吗？

我坐在他的车上，一进入农场，记忆便纷至沓来。原来以为这些记忆都丢失了，身临其境才发觉，所有的记忆都存放在这里。我终于明白我的直觉有多么灵敏，我约见他一起看看农场是何其正确！

如果仅仅是寻找记忆，这里会满足我。因为回到这里，我与麦秸说的每句话，夹缝里都夹带着记忆。记忆叠合着记忆，我一路走来就像在翻一部厚厚的旧影集。各个时期的照片都交叠在一起，难以分辨它们拍摄的具体时间、地点，只有那些场景被忠实地记录在镜头里，作为对我回忆的提示。

隔着一个诺言的距离

麦秸的身影完全曝晒在下午依旧暴虐的日光底下。树荫从西边伸过来，我躲在树影里，看到他停好了车，向我这边走来，我几步投入对面高楼投下的阴凉里。麦秸汗津津的额和颈闪着光亮，这光亮让我既开心又感动。

这么重诺的一个男人，一定记得他对一个女孩的许诺。只是那一诺太重，他与我都负担不起。恍如隔世的诺言，那就假装忘却了吧。三十年一诺，我与他隔着一个诺言的距离，谁都不再重提。曾经我以为是麦子隔开了我和他，其实是那个没法实现的诺言隔开了我和他。或许现在是那个诺言重新连接了我们，我希望那个诺言还在，没有失效。

他为我所做的一切，都是在践行那一诺，偿还那一诺之下无法偿还的债务。

他家在四楼，没有电梯，麦秸提箱子提得气喘吁吁。我有一种极度的愉悦感和满足感，仿佛提这个箱子的麦秸所使出的力气不是给了箱子，而是给了我。我喜欢在一边看他竭尽全力为我做事情的过程，让我感觉他从来就是我的男人。我嘴上说着："我不该装这么多的书，让箱子沉得跟石头一样。"内心却暗自窃喜。我把他所有的示好，都当成他是为了践行承诺。我是不是在心里虚构了一个承诺，来向他逼债呢？

他一进门就招呼金子："打点水，让伊丽洗个脸。"

金子笑盈盈地，满脸宽和，就像招呼一个老朋友："天气太热了，一路上累了吧？"

我看着满头白发的金子，突然想，我也有她那么大的年纪了吗？为什么感觉一切如昨？

麦秸打开一间卧室的门，说："好好休息，明天我送你去宾馆。"

我没想到，人生就是一个轮回。三十年前，麦秸刚买了这所房子，还没有将金子娶进门时，他就带我来过这间屋子。后来一个寒冷的夜晚，为了躲避田夫的拳头和巴掌，妹妹带着我在这间屋子里借宿了一夜。三十年后，麦秸又我带我进了这间屋子。

在麦秸家里吃了晚饭后,我执意要求麦秸先送我回一趟妹妹家。麦秸拗不过我,只好驱车带我回村里。那条小时候黑黢黢的河坝上竟然架了一座水泥桥,桥面上坑坑洼洼的,车子过桥时,像过一个巨大的搓衣板,车轮发出嗒嗒嗒的撞击声。当我和麦秸突如其来地站在妹妹面前,我的吃惊比妹妹更甚,妹妹的身材模样完全复制了三十年前的母亲。我走了以后,妹妹一直守着贾万才。她没法找到失踪的母亲,就花了三十年时间,把自己变了当年的母亲。她的站姿、坐姿、走姿,跟母亲一模一样,连她说话的声音,她的表情神态,甚至头上的白发和脸上的每一根皱纹都与母亲一模一样。当晚,我住在妹妹家。第二天,跟妹妹一起给父亲上了坟,一起去看了老房子的旧址,那里已经变了庄稼地。她告诉我,马尔跟母亲一样再也没有回来。贾万才的母亲也去世多年。她和贾万才才互相填补了对方心理上的那个黑洞,是这样满足感让他们的日子一天天地老天荒地延续下去。

跟妹妹一起度过的一天一夜,仿佛梦境一般,觉得自己不是跟妹妹在一起,仿佛我还活在十六七岁,跟早年的母亲在一起。而又老又瘦的贾万才佝偻着背,远远看过去,仿佛父亲在世。这种感觉让我如鲠在喉,无语凝噎。

第二天傍晚,麦秸来接我,我向妹妹和贾万才道别时,完全是在对我早年的父母双亲道别,我抹着眼泪,不敢看向他们,逃也似地离开。当我忍不住将头探出车窗玻璃,向站在路口的他们挥手,衬着村庄的背景,他们互相搀扶着站在一起,我已在心里默认了那就是我父母双亲复活的身影。

记得她痛不欲生的样子

从妹妹家回来,在麦秸家住了一夜,第二天早晨,麦秸要送我去县城宾馆报到。其实报到是在下午,麦秸一早要出门,我猜测是想一起共忆往昔。我招呼金子:"嫂子,一起去走走。"

金子有点不满地说:"他怕我丢他的人,从来不肯带我出去。"

我跟着麦秸下楼,埋怨麦秸:"年纪大了,应该多照顾老伴的情绪,多在一起活动活动。"麦秸提起箱子,说:"一张老脸,彼此早都看厌了。"他用这半开玩笑的话解释了自己与妻子的生活。

我和麦秸在楼下等车时,麦秸看见一个美女下楼,神秘地压低嗓门对我说:"美女邻居,开豪车的女老板,刚跟丈夫离了婚。"

风中飘来一股洗发香波的气味。麦秸的声音和整个人一起振奋起来，心脏的跳动隔着薄薄的丝绸衬衣都看得到。

上了车，似乎是看到美女后余韵未消，他情绪很亢奋，凑近我的耳朵说："我有一个秘密，我找到我的吴海燕了。"

"我记得你的这个秘密。人到中年后喜欢怀旧了，回忆起年轻时的恋人。"我的一语双关似乎并没有让麦秸在意。

上大学时，麦秸不止一次跟我说过，因为爱我，他拒绝了热烈追求他的吴海燕。吴海燕在女生宿舍捂着被子哭得死去活来，她的密友担心她想不开寻短见，叫了麦秸去安抚一下。看到麦秸，吴海燕伤心得快要晕厥了。麦秸说，他一生都记得她痛不欲生的样子。

我发觉，自己在麦秸面前一直是那么高傲，从未有梨花带雨的样子。我被田夫拉着头发撞墙撞成脑震荡的那个夜晚，如果我对麦秸像吴海燕那样哭哭啼啼，麦秸会不会更怜爱我一些，不至于把我和妹妹从热被窝里叫起来？我竟然莫名其妙地想成为吴海燕。我见过吴海燕年轻时的照片，眉弯如月，葡萄一样的明眸，唇角甜甜地上翘。我的长相与吴海燕两样。我想起麦子说我像费雯·丽，一副悲剧性的面孔。

我不是吴海燕，也不用去像费雯·丽。

可以彼此交换那些记忆

　　年过半百后，还要吃三十年前的情敌吴海燕的醋，大可不必。麦秸说起吴海燕情绪高涨，自从前几年联系上她以后，他几乎每夜与她在电话里聊到天亮，仿佛重归三十多年前的大学时光。最近吴海燕的眼睛看不见了，怕她流泪加剧眼睛病情的恶化，现在他不敢多联系她了。麦秸与吴海燕的那种热恋，在我与麦秸相恋之初有过。他们俩应该有过肌肤之亲，而我与麦秸之间，缺乏那种激情的肉体之爱，我只是他曾经的一个梦想，他的爱只满足了我的自怜和自恋。

　　吴海燕的眼睛因黄斑病变而导致失明，麦秸将无处诉说的情感转向我诉说，他不断地向我回忆吴海燕。在麦秸和吴海燕之间，我一生都是一个后备。连麦秸这样在我看起来一诺千金的男人，对爱情这个东西也没有那么专一。我想起他在少年时代写给我的情书里，总是强调，爱情的要义是专一，恐怕他早已经忘记了。忘了就忘了吧！一生说长也长，可以有多次恋情；说短也短，真正藏在心里的恐怕只有一个人。

　　我本想约金子与我们一起去县城，又担心我与麦秸言及往昔，会伤及白发如霜的金子。看来，能使金子受伤的那个人根本不是我，已经有人在先。恐怕她早有察觉，只是碍于情面，不便发作。其实也是在发作的，只不过精神上的疼痛换作风湿病和关节炎，从她身体上发作出来了。

记忆这个东西真的很奇妙，我的记忆里套着别人的记忆。麦秸把他的一部分记忆嫁接给我，他对那个叫吴海燕的记忆，嫁接后成了我的记忆。几十年过去，他忘了的，我都替他记着。我们确实有许多共同的记忆，一些是学生时代的，另一些是他讲过的他的青春记忆。他还记得，我父亲一边客客气气宰了羊招待他，一边给了我响亮的巴掌，试图把我们俩打散。他的记忆里保存着我的父亲，我的记忆里保存着他说过的吴海燕。几十年后，我们再在一起，仍然可以彼此交换这些记忆。

隔着一些东西

从青年到暮年，我们之间总是隔着一些东西。也许是金子，也许是麦子，也许还有吴海燕。

到了县城，麦秸带我去看他们为养老盖的新房子。他拉着我进去看他那间卧室，里面是一面大炕。他指着炕说："我会在这个炕上寿终正寝。"

他说这话的样子让我疑惑，那个站在花影婆娑的花园石径上，一边跟我诉说"吴海燕"这个藏了半辈子的秘密，一边闻着美发香波的味道春心荡漾地欣赏美女邻居姿色的人,跟这个带我来他未来的居所谈论着死亡的人,是不是同一个人?也许离开了那个场合,离开了美女的影子和洗发香波诱发的情欲,他就真的是个只等着寿终正寝的人了。

在那间他说要寿终正寝的屋子里,麦秸打开大炕上的一面柜子,抱出一个艳丽的充气娃娃给我看,说是他的吴海燕买了寄给他的。我疑惑,寿终正寝之前,他恋慕的难道只剩下塑料做的充气女体?

中午,麦秸让我在大炕上休息一下。

我背着麦秸,侧身而卧。他的手像一面镜子,照见了我的身体。透过我的身体,我看见了那一刻的他。他的手在我的肩背后腰抚摸着,像磨砂一件光滑的瓷器。它每至一处,每抚弄一遍,我都能清晰地感受到手的温度变化。他的呼吸让我仿佛看到了他的表情,我背对着他而卧,比面对着他的时候看得更加清楚。我用耳朵在看,我用皮肤在看。他用重重的呼吸在诉说,用他的手一遍又一遍的抚弄在诉说,这是对一个身体的珍爱。我背对着他接受了这一切,我完全感受到了他所感受到的激情的战栗。这一刻已经成为永恒。

有一些感觉醒着:比如对于爱的那种焦渴,我还想挽回点什么;比如古老的情欲;比如再次拥有少女时代在他细长的手指下的晕眩,我想和他在炕上完成一次缠绵。那个寒冬，他把我和妹妹清早从热被窝里叫起来沉淀下来的残存的积怨已经淡去，我和他之间还有一次未完成的性爱。跨越几十年，那种最初的萌动还保留在彼此的记忆里，隐隐地期待着在他寿终正寝之前，我们能有一个夜晚的相拥，仿佛那是前世残留的一丝情缘，今生仍然要被现实继续蹉跎。

记忆，折磨人的记忆，我脑海里储存的满是记忆里的气息。

一个深冬，麦秸约我跟他去参加一个聚会，聚会结束已是深夜，没有交通工具可以回三道巷子。他在一家宾馆为我开好了房间，安顿好我入住后，他说跟我上来看一下房间的暖气设施就走。我以为，我看透了他的心思。后来，我才发现自己太多心。

他进了房间说："等你睡下了，我就走。"

我乖乖脱了外衣，露出一身红色的内衣裤，他仿佛被这带有明显新娘印记的内衣裤吓退了。他没有碰我，含混地说了句赞美我腰身的话，向我道了晚安，关了门走了，哪怕是一个小雨点一样的吻也没有落到我的额头，我若有所失。我希望他摸一下我的腰或者腿，哪怕只是用目光抚摸一下它们。我记得，他赞美过我的大腿是世界上最美的。我已经记不清那是我的渴望，还是我对那种渴望的恐惧。那段记忆里，我生硬地摆弄新烫的头发，在他面前显得有点搔首弄姿。

老来风枯还无泉

"北疆诗人回乡行"诗会讲座活动的开课第一讲,主办方安排了一场麦子的讲座。我从箱子里挑了一件旗袍穿上,精心打扮了一番,来到讲座的会场。讲座已经开始了,我走到第一排的一个空位子坐下来。

麦子坐在讲台上,挥动着细瘦纤长的手指:

"写诗如一心只掘一口井一样,用得数年之功,穷心至极,还是可以写出来的。不要东一榔头西一耙子,又去整散文、小说。心里装着一些投机的名利,将来功亏一篑,鹿头寻牛角,绝对一无所获。掘得数井终因浅,老来风枯还无泉。"

多年不见,已过天命之年的麦子显出身体和激情都已衰退的迹象,像海潮退了之后,露出斑驳的礁石,有一种令人遗憾的早衰感。

接下来的几天时间里,除了睡觉,我都跟麦子还有一大群诗人在一起,在月光里漫步,参加篝火诗会,一起上山看古岩画,一起看风景,一起听手风琴,一起品茶饮酒,一起临帖抄书,写诗作文。这种相遇是美好的,一别经年,天地两隔,心中却有默契。见了面,除了问候,再说其他也是多余。尤其是当着在座的麦秸,更是不好回忆他曾来中山看望我的种种。就这样,谁也不忍打破心理上已经预设的界限。我越是表现得生分,麦子越是惊奇和不解,他的目光越过所有人与我的目光交缠、交错、碰撞。我测出他目光里情感的温度,甚至是眉目传情中的某种期待和欲念。我不断地解读他的每个眼神,以致他的目光撞到我时有点神不守舍,也会在酒意微醺时,掩饰不住内心隐藏的渴念。

屋内的空气有点稀薄

麦子在晚餐时和我约好,晚上来我房间送书。他敲门时,我刚好在卫生间。我知道是他,可是卫生间弥漫着便溺的气味,我有点尴尬地对着镜子里的自己说:"开门还是不开?"卫生间没有透气的窗户,门对着房间,我担心一开门,把不雅的气味放了出去,怕他听到卫生间马桶的声音,以至不敢冲水。有一刻,我想假装不在房间里。敲门声更响了些,且渐渐急促,我本能地按下抽水马桶按钮,开门出去迎他。打开房门,见到他双手递过来的书,我迟疑了一下,意识到慌乱中忘记了洗手。那一愣的时间,仿佛慢镜头被拉长了,他有点吃惊,我接他的书竟然动作迟疑,看起来像是并不情愿。他睁圆的眼睛里,微微露出乞求的表情。他瘦削的脸上高起的眉骨,让我觉出有几分性感。我的心动了一下,赶快用手接书做掩饰。他双手放在后背,掩上了门,环顾房间,目光落在松软的双人床上,显出了迷乱的神色。知天命的他还有这种神色，让我心里暗自惊异。他的慌乱仿佛也传染给了我，让我有点浑身不自在，感觉屋内的空气有点稀薄。

"这屋里竟然没有一把可以坐的椅子。"我摊开双手，故意摆出羞惭和无奈的样子。

他看出了我的无所适从，仿佛我把自己的无所适从传染给了他，他在门口僵立了一下，侧身开了门："我走了，你休息吧。这房间与我那间的设施不一样。"

我暗自思忖，他说这句话的意思，不会是让我再去他的房间吧？

"晚上，可以好好读你的诗。"我把手里的书放到枕边。

"枕边诗。"他笑了笑，声音浑厚，充满自嘲和调侃的意味。

僵局被打破，我有了一个借口，心里有点庆幸房间里没有准备椅子。他也有了一个体面的台阶下，把门替我关上，走了。

我把身体扔到床上，心潮起伏。我不知道自己在担心什么，似乎不仅是卫生间便溺的味道，还有我没有洗手就接了他的书。他不会注意到我掩饰自己没洗手就去接他的书。在接书之前，我装出刚洗了手的样子，两只手刻意地来回搓了搓。掩饰，这一切全是掩饰。

"不能让他留在这里。如果他留下来，你知道会发生什么？小心麦秸会知道的。"仿佛有个声音在耳边提醒我。

岁月告诉我，我们已不是曾经的男孩女孩了。

第二天傍晚，一起参加诗会的其他人都去喝酒了，麦子约我去公园坐坐，我换了白衬衫、黑裙子，想尽量打扮得像三十年前的样子。

看到我，他说："你像个女学生。如果能再回到十八岁，我会改写我们的人生。"这句话，由知天命的男人说出，听着有点悲伤。

"既生瑜，何生亮！"我感叹。

如果我只遇到他，没有遇到麦秸，命运会有什么不同？那时候，我挣扎过，想从命运的旋涡中解救自己，不想让命运将他从我这里带走。最终，这个男人和我一样，还是向命运投降了，让我走向了命运的另一条岔路。

我不言不语，目光盈盈地对着他，让他不敢直视。他想回避又难以回避，最终将眉眼和额头沉沉地低垂下去。

"额头稍向前倾，就能触到绿荫"，我用他自己的诗激励他。我觉得内心充满了力量，可以迎接他，让他靠向我。我坚定地站在他面前。

他在公园的长椅上坐下来，说："没想到三十年了，我还是那么喜欢你。"

我笑了,随口来了一句："这一次的喜欢,忘了加曾经。"

他的声音很悲凉："岁月告诉我，不是曾经。可惜，我老了。"

我有些伤感："不老。"

"老得连瞌睡都不剩了。"他似乎是为上句话加一个注脚。

"我不要你老。"我不甘心地摇摇他的手臂。

"老了好。"他半闭着眼睛，似乎已经认命了。

我试图完成一次背叛

残存的记忆，在生命开始走向衰败时，让我甘于忍受它无休止的侵害。过去了三十年、四十年甚至更久，它依然不会腐朽，反而固执地揭开残留的伤疤，让我备受撕裂的疼痛。

仿佛对三十年前的那段感情，想来一次刻意的背叛，我挽着另一个男人的手，游走在三道巷子里。田夫给我留下的阴影，在三十年后依然包围着我，让我心有余悸。

第一个晚上，我先是拉着麦秸跟我一道去了三道巷子。那是白天，田家的大门紧闭着，我指了指门上的锁，拉着麦秸扫兴而归。

第二个晚上，我带着麦秸和麦子一起往三道巷子走去。走到巷子尽头，却不是田夫的家，是一座废墟。我有点焦躁，说:"昨天傍晚我还来过,怎么会不在了呢?"

麦子半真半假地说:"房子一夜之间就拆了。"

我跟他们两个走过了河坝,河坝变宽了,河岸像是两大片湿地。麦秸的注意力被河坝所吸引,赞叹:"这块湿地空气湿润,景色不错,很像小时候你家旁边的那条河坝。"

"我曾经试图在这条河坝里自杀,可是水太浅了,我就放弃了。"我调侃自己。

"看来,你不能嫁到有河坝的地方。"麦子用担心过后的神色看着我。

"我在河坝边看蝌蚪,那时候河坝不是这个样子的。"

"变宽了吗?"麦秸明显想岔开话题,好让紧张的气氛散开。

想着凭空消失的田家院落和房屋,我内心很紧张。我一遍遍地重复说,昨天还在这里,昨天……麦秸看着我,试图理解我的焦急。我害怕它们消失的神色,让麦子皱起了眉毛:"可能天太晚了,看不清楚,明天再来看看。"

第三个晚上,我让麦子一个人陪我去三道巷子。

我拉着麦子,躲在巷子里停着的一辆小汽车背后,瞻前顾后,躲躲闪闪,像是蓄意的偷情者。

我试图完成一次背叛。没错,就是要在这里,在田夫家门前,这是一次蓄意的偷情。我选择了跟麦子在三道巷子完成这个约会,只为了反抗和报复三十多年前,田夫对我的一次次的背叛。我拉着另外一个男人的手走在巷子里，像是在向谁示威。可是，我向谁去示威呢？我与田夫曾经生活过的那排平房已经人去屋空，两把铁锁锁住了关闭得严丝合缝的绛红色大铁门。巷子里已经被黑云笼罩，就是有人打着灯笼来，也未必照得见躲在矮墙和小车之间的我和麦子。我在向一个看不见的、假想中善妒的男人示威。我躲闪的姿态和躲藏在黑暗巷道里的行为，恰恰暴露了我的心虚和胆怯。我忽然变成了三十多年前那个心怀怯意的女孩，生怕善妒的田夫又要疑心我与别的男人有染。田夫最怕的就是这个，只有这个方法可以打击他。而今，我还能伤害到他吗？

三十多年了，我对他依然怀恨在心，想用他最惧怕的东西还击他。这场爱恨之战在我心里持续了三十多年，仍然没有停息。恨，真的比爱更长久、更彻底、更令人刻骨铭心吗？直到如今，我还打算以精神胜利法战胜他，对那个曾经使我痛彻心扉的男人，实施一次复仇。

在漆黑的三道巷子里，我问麦子："我内心的痛苦和我所受到的伤害，真的是田夫一个人造成的吗？"

"发生的一切就去接受它，不要试图倒回去解释它，发生了就是发生了。"麦子似乎在回避什么。

战争只是我一个人的

　　这三十多年间，内心的战争只是我一个人的。没有敌方，没有观战者，我从内心分裂出一个敌人，我跟自己争斗。我希望身边的麦子，看到我描述的那场战役，然而他没有呼应我。他认为，我完全不该有一场那么持久的内心激战，时间早已消灭了战争，没有赢家。他只看到一片时间的废墟。

　　我很害怕标志着我爱恨的一切见证，一下子消失不见了。那些年疼痛的生活记忆，对于我突然显得重要起来。

　　比起麦秸，麦子更适合在三道巷子跟我一起完成这次背叛。田夫知道，麦子是我少女时代心仪的男子。我跟田夫结婚的那年冬天，麦子约我跟他一起去参加笔会，田夫看到了麦子给我写的信，为了忠诚于田夫和家庭，我当着田夫的面揉碎了那封信，把它埋在了雪地里。后来，麦子来信追问我为何没去。他不知道，笔会临近的那些日子，我正忙着打掉田夫不小心种在我腹中的第三个胎儿。做第三次人流的那天，我在县医院的妇产科楼道内看到一部电话机，它像只乳白色的小羊羔，卧在医院墙角的木柜上，电话线像羊羔毛一样卷曲着，我有种冲动想去抚摸一下它。我想打个电话给麦子，告诉他我害怕流血，我不想再流血了。

我已经把你当作我哥了

跟麦子还有一大帮诗人采风，我发现了他跟秀秀的相处很暧昧。我对秀秀的嫉妒比对星子更深，更让我难受。

我看到麦子挤在秀秀身边，指点她买一块玉坠，秀秀让他也买一块，他笑着对秀秀说："我不要玉，我要你的人。"

秀秀挑了一块玉坠，付了钱。试玉坠的时候，她亲昵地向麦子靠过去，让麦子帮她戴在颈上。

我在一边呵呵笑着，对秀秀说："玉坠都是你自己买的，凭什么要把人给他？"

麦子脸上有些许吃惊的神色，避开秀秀后，悄悄地对我说："你竟然变得这么宽和？我跟秀秀说着玩，我以为你会生我的气。"

我说："我已经把你当作我哥了。"

麦子脸上表现出一丝歉意，似乎是为了补偿，他说："晚饭后，我会打电话约你，上楼来坐坐。"

"晚饭后，你带我去散步。"

我很有把握，麦子会跟我一起再去三道巷子。我甚至有欲望，在这个地方说说自己的故事。我对麦子说，我没有挽着男人去散步的记忆，我十分想跟他去三道巷子散步。我想用填补某种空白的理由，去强调这次散步对于我的重要性。

故地重来，我不愿独自背负沉重的记忆，希望有个人替我承载，我需要一个倾听者和见证人，或者一个同谋。

傍晚，亮起来的路灯像一排点燃的火柴，燃红了半个县城。云层压得很低，像是要掩盖一场密谋。

我老得只剩下瞌睡了

到了405房间门口，我觉得有点累，有点犹豫，后悔约了麦子。我想马上拨一个电话到他房间，告诉他自己有点累，将散步取消或者改期。我再次看了看房间号，是405，确定没错后，用房卡打开了门，却不急于进去。我想了想，这会儿麦子也该回到自己房间了，应该还没有脱掉衣服去卫生间沐浴，我还来得及上505，告诉他一声，今晚不去散步了。我又看了一眼405的房号，发现这个房号让我变得做事犹豫。我猛然醒悟，这跟我和田夫当年约会的丽娜尔宿舍的房间号相同，也跟麦秸住的房子的号码相同。这真是巧合。这个号码刺激了我，对于我，405这个数字意味着背叛。正是这个房间号让我有种想背叛什么人，要向谁复仇的恨意。

我想到了505的麦子，如果我今晚不约他出去散步，取消散步，他会约同行的秀秀去散步吗？我想，我生命里遇见的那些男人，与我有过或长或短、或深或浅的交集，都不是爱情。跟麦秸也不是，我跟他就像是朋友，这一点一直到老我才确认。唯有麦子，我感觉可以绵长深情地爱他，我们在一起，经历了情人所能经历的一切，演绎了一场从邂逅、相知、相爱到别离的完整爱情。在这段爱情里，我超越了他婚姻的现实，也超越了他与秀秀的暧昧。我对他说："我的父亲有过七任妻子，这没什么。"我这样安慰他和我自己。我把这份恋情放在父亲的那个时代去看，这样就战胜了我一直在情爱中无法战胜的妒忌，战胜了星子与秀秀。

我等到很晚，只是想跟麦子说说话。他发来几个字："不好意思，我竟然睡着了，看来我老得只剩下瞌睡了。"他不该这么早就只剩下瞌睡。我有点疑心，秀秀或许正在他房间里。对于他们之间的暧昧，我也只能释然了。

我想，干脆约麦秸一起散步，用这种想法平衡自己。我想了想一个人轮到约我时，竟然睡着了，我只有苦笑。离别这么多年，为了生活，恐怕他已经把自己掏空了。

这些镜头恍若隔世

想到采风快要结束，很快就要与麦子分别了，我突然觉得，自己没有那么累了，毫不犹豫地拨通了麦子房间的电话，果断地说："我们下楼去散步吧。"

我在腋下抹了沙枣花香水，这种花香让我想到麦子用摩托车送我回家的那次。半路上，车停在沙枣林边，他折了一把沙枣花给我，被我一枝一枝插在我垒起的小土堆上。这些镜头恍若隔世。

我"砰"的一声打开了405的门迈出去，用力别过脸，不去看身后那个令人扫兴的房号。我有点憎恶办理房间的人给我这个房间。为了逃避这个刺眼的房号，我急匆匆地下了楼。麦子正在楼下背着双手踱着方步，那样子很像是在思考什么。见到我走过来，他立即露出一口细密的牙齿，步态也变得闲适起来，仿佛我的出现解答了他正在思考的问题。这种感觉让我变得开心起来。

夜里沉沉的，我们开始往东边走。路灯下，我看到他的脸有些逆光。每次看他时，我都要靠他近一些，伸长脖子去凑近他的脸，才能确定他的表情。他误以为我想要依靠着他，立刻伸出手臂，揽住我的腰。我本想躲闪，却不知为何靠了过去，又怕撞见别人觉得不妥，试图挣开，却被他拉住了手。我兀自笑着，并不去看他。他看出了我的为难，似乎这种为难鼓励了他，他拥住了我的肩。这次，我头一低，从他腋下钻了过去，跑到了前面，回头冲他一笑。看他一脸假装沮丧的样子，我捂着嘴笑得弯下腰去。他三步并作两步追上来，与我并肩走着，伸过手来摸索我的手。

两种角色交替让我又悲又喜

离开县城的前夜,兰萍避开所有人来为我送行。我见到她的那一刹那,紧紧地抱住她放声哭泣:"我第一天就打电话约你,我以为你愿意来见我。几十年了,再不见,我们就老了。"

"我早就老了,心里自卑不敢来。今天再不来,怕没有机会了,才鼓足勇气来见你。"兰萍胖到几乎没有过去的影子了,她的眼睛依然清亮,像两泓泉水。

我求她在宾馆留宿陪我,她欣然说:"我想跟你聊个通宵,就怕你明天路上打瞌睡。"

我们从各自的生活开始,聊到各自的父亲母亲,一直聊到我们的现在。我小心翼翼地问起兰萍,跟铁蛋过得好不好,兰萍红了眼圈,说:"我们就那样一直过到了现在,这些年我也习惯了。其实龙海去世后,我对感情就没有什么想法了。铁蛋在县里有个姘头,夏天他和我一起种地,冬天他就上县城跟那女的在一起,这么多年没有换过。听说,那女的是他的中学同学,嫁了几个男人了,到头来还是孤身一人。以前,他每次都跟我说,老了,就不往她那儿跑了,回来安心地陪我。他今年六十了,还在跑。随他去吧,再过几年就跑不动了。"

我拥抱了她:"我也不知道,为什么我们明明深爱着那个人，却要离开他，跟不爱的人生活一辈子？我也不知道，我们爱的人为什么会背叛我们？为什么明知道那个人背叛了你，你还要跟他共度余生？"我把头埋在她怀里，哭了很久。

聊到深夜，我催促兰萍进浴室沐浴，想起我在她家她给我洗澡的情形。那一盆温热的水，那个芳香的帘子，借着她的眼睛，我第一次认识了自己十六岁的身体。

三十多年前，在她新婚的家里，也有过这样的时刻。在卫生间的镜子前，我在腾腾雾气中照见了自己赤裸的身体。记得那夜，跟兰萍挤在一张床上，我为自己没有穿裤衩，被她发现后告诉龙海而羞臊难当。

我躺在床上，柔和的灯光隔着浴室的纱帘透进来，我的身体映在浴室的玻璃上，若隐若现。这一夜，我的年龄在这面玻璃前和玻璃后面的兰萍眼里成了一个谜。我的身体在向老年迈进，我的心灵又在回归少女，这两种角色的交替让我又悲又喜。

兰萍带给我的新鲜奶油，足足有三斤重，是铁蛋当天从牧区买过来的，真空包装。还有一箱她亲手烤制的糕点，纸箱里散发出一股牛奶与奶油的浓香。我不知道，她为什么一定要送我这些油汪汪的食物，也许她在完成一个心愿。我想起，她少女时期托铁蛋送来的一盒月饼。那时候，这些东西是多么珍贵和温暖。如今，这么远的路程，带着这么一大箱东西却成了负担。

"这是老乡的一片诚意,我要全部带回家去。"兰萍听到我说"老乡"这个词,冲我开心地笑了。

这些镜头很快潮湿了

诗会采风活动结束那天,天一直阴着,雨雾笼罩。我在宾馆门口的阶梯上,站着送麦子,看着他坐上一辆汽车,而后又下来,握了几个诗友的手,最后看看我。有人呼叫着"拥抱一个吧",他看了看站在一边的麦秸,迟疑了一下,怕滑倒似的小心翼翼地向台阶这边迈了半步,见我站着未动又退了一步,有点不自然地低了低头笑笑。我没有跨下台阶,只把手往头顶上遮了遮,示意他有雨。他似乎才发觉自己站在雨里,转回去钻进了车内,车开走了。他从车窗里探出手,向台阶这边招了招,关上车窗玻璃,把雨和大家的视线挡在了外面。

我站在台阶上,回放了一遍刚才的镜头,仿佛他还在我眼前。我仔细打量了,他当时的动作极其迅速,从他向台阶上向我迈过来的半步,到他低下头笑,他退回去的那一大步,仿佛用力在改正自己不由自主迈出的那半步,可是已经来不及了,这一切被我摄入了眼里,像底片一样存起来。我知道，在我回去的路上，这些底片会不停地回放，我会以此来满足自己。窗外雨水迷蒙，这些镜头很快潮湿了，并且退到了车窗后面。

诗会采风回来，拖着行李箱和兰萍送的一大箱食物，刚到家门口，我就想掉头再回去，似乎回去就能延续一些被迫中断的东西。

开了房门，看到我的桌子、床铺、书架，这些熟悉的东西，可以让我待在这个楼上，继续过往日那种闭门不出的日子，读诗、喝茶、睡觉、发呆。

读诗的间隙，麦子会从字里行间跳出来；睡觉的时候，他会从我梦里跳出来。

在三道巷子与麦子同行的那一夜，让记忆变成了暖色调，带上丝丝的甜意，他置换了过去的那些寒冷和苦涩。那一夜，在公园的长椅上，坐在他旁边，我重新变成一个穿着背带裙的少女。

我的一生空空荡荡

打开手机视频，刷到麦子和星子带了他的孙子在海边嬉戏，我的眼泪潮水般忽地涌上来，淹没了眼前的景色。

那个跟麦子一起带着孙子嬉戏的人本该是我。我想要跟他度过的日子,他和另一个女人过掉了。

过去早就过去了,现在我的生命里堆满了记忆。除了记忆,我的几十年岁月空空荡荡。

昏暗的路灯,像是从过去的年代里照过来,把微弱的光投在半掩的旧窗帘上,我努力想追上些什么。

那些在大脑中不断发酵的东西,我想借黑暗让它们向我聚拢过来。可它们像装在羊皮袋里的酒,被谁扎了一个孔,汩汩地泄漏。我措手不及,那个孔越来越大,想堵也堵不住。

傍晚的最后一线天光,让我莫名伤感。暮色让我感到,生命就是在这一刻一下子流逝掉的。仿佛时间的滴漏打翻了,那些时光像沙子一样流泻殆尽,岁月一下子见底了。

记忆中那个穿着雪白衬衫、在炕桌前跟父亲对坐的少年,倏然换成视频里这个用自行车推着孙子的、已谢顶的男人,中间的那些岁月像是被别人剪掉了。

我下意识地看了一眼穿衣镜,昨天还是给父亲和穿着雪白衬衫的少年麦子端出热气腾腾的奶茶,拘谨地放在炕桌上的那个亭亭玉立的红衣少女,转眼就变得白发如霜、满目苍凉。

这一转换几乎是在一刹那完成的。我难过的不是身心和容颜已老,而是那种要失去了的感觉,就像原本持有的东西,一下子被宣告过期。原以为那些东西是黄金,一直信心满满地珍藏着。然而曾经麦子与我共有的美好记忆，现在像一堆无人认领的遗产，变得悲凉、荒芜。它们在时光里风化，我假装认为它们还鲜活，其实它们早已死了。我怀抱着记忆的尸首，梦想用什么招数为它们还魂。

我的记忆背叛了我，我的一生空空荡荡。时光这个女巫，恶毒地等着我自己去发现这一点。

我一直想把自己从那四十多年的记忆中拉出来，最后才知道，我连一个可以告别和分手的对象都没有，那个人早已不在原地，我只是跟一段记忆谈了一辈子恋爱。

我的几十年，与其说是陷在爱情里，不如说是陷在虚无中，没有人能将我从记忆里拉出来。

要从那些记忆中剥离，就像从一口幽暗的井里把自己吊出来，我缺少一根攀缘的绳子。当初我以为把他骗到了井底下，谁知道割断了绳索走掉的那个人恰恰是他。等我一觉醒来，黎明前的大雾开始消散，那个多年前把我尘封在井底的人，早已扛着铁锹走远了。我等着被时间淹没，覆盖，葬埋。

一下子过了半生

跟着视频里麦子推着自行车在雪路上走动的脚步声，

我也迈动双脚在屋子里走动。星子粗重的呼吸似乎转嫁给了我，我替她呼吸着。在这段远隔千里的跟行中，我仿佛从十六岁，一下子迈入了六十岁。似乎跟麦子在一起推着自行车的那个人是我，我在千里之外的一间屋子里，陪他走完了大半生。

这一生带着那些记忆走了这么久，我用记忆遮寒，用记忆照亮，最后我选择了用记忆埋葬自己。自始至终，这是我一个人的爱情。它已经占领了我四十多年。我没有法力让时光倒回至十六岁，把自己从四十多年前的河流里捞上来。自始至终，其实是有始无终，我只是不想就这么终结它，让它消亡。大片大片的记忆已经与我的生命扭结在一起，我不想与它彻底断开。

我用记忆欺骗了自己

一年前，我听说星子一病不起，心里竟然渐渐燃起了一丝泯灭已久的希望，不断地梦到麦子和星子。

在梦里，我从一道门缝里窥视星子，被她发现了，她猛地关上门，不让我进去。我听见星子在隔壁的屋子里大口大口喘着粗气。

我不肯罢休，默默地坐在门口等麦子。麦子带着一个年轻的女子走过来。他看见我坐在门口,同情地看着我:"你不要等了,你嫂子已经不在了。"

我思忖,麦子是不想让那女人知道我和他之间的关系,才这么说的。

"原来,嫂子已经不在了。"我说得这么默契,连我自己都相信,我来只是为了看看星子。

麦子似乎很感激我的默契,他的感激恰好暴露了他和那个年轻女子之间的关系。

我突然明白,星子不在了,麦子也不会来找我。我伤心、悲愤、绝望。醒来,我发现我用抽泣声代替了呼吸。

当年,我拒绝麦子的求婚时,他在最后那封信里说:"也许没有结局的结局是最好的结局。"这句话留下的凄美余韵一直在我心里回荡。当时麦子写下这句话,就意识到了我们之间不会有结局。

手机视频里回响着星子粗重的呼吸,这是伴随了麦子半生的呼吸。我为自己听到她病重后,内心死灰复燃,想与麦子重修旧好的幻想感到羞惭。在星子的病情面前,我如此卑劣的想法,一下子让"我爱麦子"这句话,变成了一个心怀叵测地编织了四十多年的谎言。

屈指一算,我跟麦子单独在一起的时间,全部加起来也不到一周。跟他每次见面的细节,在我脑子里反反复复演绎了四十多年。

我眼前闪现出那段雪路，麦子用自行车带着我，去农场大院的宿舍生炉子，路两边站满了高高的白杨树……外面的天色暗下来，路上的白杨树消失了。眼前的手机视频里，麦子推着自行车在院子里的雪路上走着，车后座上坐着他的孙子。我用耳朵辨认出，在镜头后面呼哧呼哧喘气的人是星子。她不远不近地跟着麦子拍下了这段视频。我少女时就熟悉这个微胖的女人粗重的呼吸。

星子和她粗重的呼吸一直挡在我和麦子中间。这情形一如多年前，父亲死了，我去给麦子报丧的那个初春。星子在院子里走来走去，发出很大的声响。我和麦子躲在院墙的阴影里，高高的院墙豁口间断断续续传出星子的抱怨声。

我做到了等他到白发如霜，我用记忆对抗着岁月。

跟四十多年前一模一样，麦子和麦秸都在原地不动，带着那些记忆，各自过着各自的生活。我觉得持续了一辈子的，并不是我与麦子，或者跟麦秸的感情，鲜活在我们之间的，唯有少年时的那些记忆。

那场恋情在我二十岁就停止了。后来，我们之间鲜有新的记忆，延续的所谓故事，都是以我自己的想象不断地加工、复制、再生后自我繁殖出来的，我就这样欺骗了自己几十年。

我一生都对麦秸严密地保守着我与麦子之间的秘密。我一次次看见麦子，隔着许许多多的人，隔着许许多多各自的日子，最后在遥远的对望、长长的离别中耗尽了一生。

我突然想给麦子打个电话，转而又想，给记忆里的人打电话，都四十多年不提从前那些事了，我能跟他说些什么？不如自己跟自己说说吧。这一世恐怕再说什么，都不合时宜了。我已经不可能与他一同回忆过去。他记忆里的过去和我记忆里的过去，还有多少相同之处？

有些东西是说不出来的，只适合独自回忆。语言的路径常常被记忆挤满、堵塞，感觉无从说起。我的脑袋里到处是任意堆砌的记忆，像一个散乱的仓库。经年的记忆像我的旧衣服，有的堆在地上，有的干脆丢弃在墙角，还有的像残缺不全的书卷，脆裂成一片片，沾满了尘土，被风吹得满屋子打转。我已经不适合跟任何人谈论我的记忆，我只能守着这座记忆的仓库，一点一点地把它们收集起来，整理封存。

麦秸没能成长为我期待的那个男人。为了麦秸，我拒绝了麦子，错失了一生中最不该错失的人。我扮演圣女的代价就是，自己做了这场爱情的祭品。

回想起来，麦子仿佛是我梦中的一个人，我在年轻时梦见了他，后来就把梦当成了真的。在浩大的时间面前，我的记忆如前世的梦，如秋阳下的枯草，终将归于荒芜。

后 记

梦里,他在悬崖边用力搂住她,她看到他结实的肉体背后是悬崖。那拥抱是悬空的,他抱住她往下坠落。

我看见自己掉进了记忆的深渊。现在,我需要从记忆里打捞自己,拯救自己。

那些记忆曾经像羽毛一样轻柔地围裹我、覆盖我,在梦里带我轻盈地飞翔。

当我审视它们的时候,它们开始像落潮一样退去。我试图连缀、缝合记忆的幻影,发现那些片段之间没有理所当然的秩序。我凭直觉转动着巨大的记忆魔方,那些记忆的层面不断被调整转换,被旋转挪移。

有时候,我试图修改这些记忆。当我要再次进入,那段情感的亲历者,摇身一变居然成了审视者。整夜整夜,我无法安宁。我知道一切已不再是记忆了。

我梦见自己搭着一辆敞篷车,途中遇到的车辆跟我相向而驶,车上熟悉的面孔一闪而过。我拼命挥手,他们无动于衷,我焦急地呼喊。在他们认出我的刹那,敞篷车与他们相对驰过。回望中,他们的脸随雾气和烟尘消散,我满心是缺憾。我被拉扯得支离破碎,每一辆与我相对开过的车辆都带走了我的一部分记忆。

那辆车上的人面目模糊，依稀能辨认出有我的至亲至爱。他们的脸在梦里呈现出来，就像是我的记忆。我知道，当我唤醒他们、看见他们的刹那，就是在向他们道别。

要相信，没有记忆就没有生活；也要相信，沉淀太久的记忆是铁水，它在血液里沸腾过，再被时间逐渐冷却，最终在内心深处铸成利刃。你以为，可以用它来对抗时间，打败岁月。殊不知，它会反过来切割你，将你碎尸万段。

我是那么忠实于我的记忆，想牢牢地握住它们。它们是我来过这个世界的凭证，是我最珍贵的收藏，唯有它们可以证明我是怎么活过来的。到现在，我突然发现，大半生收集的记忆开始否定它们自己。它们仿佛在对我说："这些是你用幻想自我繁衍、虚构出来的。"

记忆不断地被时间和幻想拉长。一些记忆长久地陪伴过我，已经远远超过了带给我这份记忆的人陪伴我的时间长度。能够那么长久地陪伴你的，怎么可能仅仅是幻觉呢？

如果说，记忆是幻觉是虚构，那么它们每天像空气一样充满了我，除去它们，我的生命里还能剩下些什么？

我写《命运的岔路》，只是想让过去的一切、现在的一切和将来的一切都合理化。父母、亲人是合理的，麦子、麦秸和田夫、毛子是合理的，生是合理的，死也是合理的。我不想去改变什么，让一切都回到它们原来的位置上。

我要为这一切找到他们合理性的逻辑，让他们的存在顺风顺水。我尊重命运安排的各种旁逸斜出的岔路，这些岔路的背面隐藏着合理性的根源。

那么多杂乱的记忆，始终敌不过时间，都成了碎片。

那些记忆就像我一个人的拼贴画，我在《命运的岔路》里呈现的只是记忆断断续续的拼接。它断裂和丢失的那些部分，恐怕我要用余生去抢救、补充和完善。